U0024541

權錢對決

之 11

千鈞一髮

姜遠方 著

目錄 CONTENTS

第一章

強棒人選

孫守義故意問道：「現在的強棒人選可不好找啊，老姚，不知道你心目中誰是這個強棒人選呢？」
姚巍山就說：「孫書記，您覺得祝季高這個人怎麼樣？」
孫守義愣了一下，沒想到姚巍山提出來的人居然是祝季高。

羅茜男反駁說：「我跟你根本就不一樣好嗎？睢才熹的錢是匯到豪天集團的，就應該是豪天集團的錢了，這筆錢我們可是真金白銀拿出來的，你憑什麼只給我們百分之二十的股份啊？」

傅華解釋說：「這我可是有根據的，我大體算了一下，發展這兩個項目的總投入資金應該在六十億左右，你們豪天集團和睢才熹的錢加起來還不到十億，所占的比例還不足百分之二十呢；但是考慮到你們的資金是真金白銀拿出來的，我願意吃點虧，讓你們占百分之二十。」

羅茜男叫說：「傅華，這賬不能這麼算好不好？說到底，你們熙海投資投入公司的就是這兩塊地而已，這兩塊地剛剛拍賣給麗發世紀的價值也不過是十七億，裏面還欠繳很大一筆土地出讓金，你憑什麼占到百分之八十的股份啊？叫我說，各占一半才公平。」

傅華不願讓步，說：「那不可能，十七億是李廣武和麗發世紀協議出來的價格，明顯被壓低了，這塊地的溢價部分就不止十七億……」

最終，經過一番討價還價，傅華和羅茜男商定的持股比例是，熙海投資持有公司百分之六十七的股份，豪天集團則持有百分之三十三。

傅華之所以堅持要百分之六十七，是因為這個比例超出了股份數的三分之二，可以決定公司的一切事務，也就是說，他擁有對公司的絕對控制權。

確定持股比例之後，羅茜男說：「傅華，還有一個問題你要考慮到啊，按照你這個籌措資金的規劃，公司的資金鏈始終處於一種緊繃的狀態，這可是風險極高的，尤其是睢才燾還在一旁虎視眈眈的看著我們呢。」

傅華說：「這個我想過了，我們不能在開發期這麼長的時間內只有投入而沒有收入，我會考慮在豐源中心規劃圖紙出來之後，便去找一些大企業進行意向性的預售，最好是能夠將一部分面積預售出去，這樣我們就能回籠一部分資金了，從而減輕公司的資金壓力。」

羅茜男點點頭說：「傅華，你這個想法還真是高明啊，如果真的能夠按照你設想的步驟去實施的話，後續的資金問題就解決了。」

傅華說：「我會努力想辦法把這個想法給落實的。」

在傅華心中，要落實這些難度並不大，他對能夠墊資的集團公司已經有目標了，那就是高芸的和穹集團。和穹集團實力雄厚，有地產發展的經驗，很適合做這個墊資公司。

而將豐源中心部分面積意向預售給誰，傅華心中也有了具體方向，那就是已經將總部搬來北京的興海集團。興海集團目前是租房辦公的狀態，傅華覺得單燕萍也許會為興海集團在北京購置一層樓房作為辦公地點，這還需要他跟單燕萍好好談談。

海川市。

經過海川市人大常委會第五次會議討論通過，決定任命東海省委推薦的定策縣縣長郭定國出任海川市副市長。這份任命通過之後，姚巍山就找到了孫守義。

讓郭定國出任海川副市長並不是姚巍山操作這次人事佈局的最終目的，他的最終目的是想讓林蘇行來海川市政府做副秘書長。他身邊實在很需要一個親信的人，而這必須要得到孫守義的首肯。

孫守義看到姚巍山，笑笑說：「老姚啊，你來得正好，我正想問問你，胡俊森那邊總結海川新區的情況，進行的怎麼樣了？」

聽孫守義一來就問這件事，姚巍山心裏難免有些彆扭，他不喜歡胡俊森這麼被重視，淡淡地回說：「進展得挺順利的，經過幾番修改，差不多要形成正式的彙報稿了。」

孫守義聽得出來，姚巍山對胡俊森要跟楊志欣彙報海川新區這件事不太感興趣，對姚巍山這種心情，孫守義很能理解，換了誰，對差點就要葬送他為之奮鬥半生仕途的人都會耿耿於懷的。但是孫守義覺得事情總有輕重緩急，相對來說，胡俊森向楊志欣彙報這件事就重要的多，這時候姚巍山就應該放下他跟胡俊森之間的嫌隙，先把楊志欣這件事情處理好再說。

孫守義就點了一下姚巍山，說：「老姚啊，這件事處理得好的話，你和我都會跟著胡俊森沾光，在國務院領導那裏掛上號的，所以你一定要盡全力辦好這件事，千萬不能出現閃失啊。」

姚巍山頗不甘心地點點頭說：「我知道孫書記，我會協助俊森同志辦好這件事的。」

孫守義說：「那就好。誒，老姚，你找我有什麼事啊？」

總算可以進入正題了，姚巍山趕忙說：「孫書記，郭定國同志現在出任了海川市的副市長，定策縣的縣長職務就空了出來，我想問一下你心目中適合出任這個職務的人選。」

孫守義看了姚巍山一眼，原本他就認為姚巍山推薦郭定國出任副市長是別有企圖的，現在看姚巍山這個急切的樣子，越發印證了他對姚巍山的懷疑。孫守義心裏暗道：你急我偏不急，我要看看你究竟是耍的什麼花樣。

孫守義就說：「老姚啊，你是不是有點太急啦？定國同志剛被任命為海川市副市長，還沒正式離開定策縣呢，你就急著給他找接班人了？」

姚巍山力求鎮定地說：「我沒著急啊，只是想問問您的意見而已。」

孫守義說：「我還沒開始考慮這個問題呢，咦，老姚，你對此是什麼看法啊？」

姚巍山說：「我個人的看法是這樣子的，定策縣這幾年在海川發展比較滯後，市裏應該趁這個機會派出一個強棒人選去那裏做縣長，好對定策縣的工作有所促進。」

孫守義暗自好笑，舉薦郭定國出任副市長的人就是他姚巍山，現在姚巍山卻在否定郭定國在定策縣的工作成效，這不是自己打自己臉嗎？這傢伙葫蘆裏究竟賣的是什麼藥啊？不過，不管他賣的什麼藥，姚巍山今天找過來，應該是要揭開謎底了。

孫守義故意問道：「現在的強棒人選可不好找啊，老姚，不知道你心目中誰是這個強棒人選呢？」

姚巍山就說：「孫書記，您覺得祝季高這個人怎麼樣？」

孫守義愣了一下，沒想到姚巍山提出來的人居然是祝季高。

祝季高是海川市市政府副秘書長，定策縣縣長這個職務雖然跟市政府副秘書長的級別相同，但是定策縣的縣長是主政一方的政府首長，副秘書長則是一個服務領導的角色。兩者孰輕孰重不言而喻，這顯然是對祝季高的提拔重用。

而孫守義之所以會愣了一下，是因為祝季高應該算是他這一派系上的人馬，孫守義剛到海川擔任副市長的時候，祝季高是專職配合他的副秘書長。在那段時間裏，祝季高跟他配合得相當默契，算是很得孫守義信任的一個下屬。

孫守義對祝季高是早就有打算的，就算姚巍山不提出他，孫守義其實也準備在下一次調整幹部的時候，提拔重用一下祝季高的。

孫守義心中就有些納悶了，姚巍山為什麼會有這種好心提拔用他這一系的人馬呢？難道祝季高私底下已經跟姚巍山私通款曲，成了姚巍山的人了嗎？

應該不會的，孫守義很瞭解祝季高這個人，知道祝季高不會幹出腳踏兩隻船的勾當。孫守義突然意識到姚巍山這麼做的用意，很可能是要跟他做利益交換的，好換取他同意提拔姚巍山自己的人選。

本來孫守義是不必跟姚巍山做這個交換的，祝季高的資歷以及工作成績等方面都算是相當不錯的，孫守義要提拔他很容易就能做到，根本不需要姚巍山幫什麼忙。但是孫守義稍微考慮了之後，決定接受姚巍山的這個交換，原因有兩個，一是他如果不同意的話，姚巍山盤算半天的計畫無法實現，很可能會因此對他有心結。這本來是一件互惠互利的事情，孫守義覺得沒必要把它變成引發他跟姚巍山矛盾的根源。

第二點，孫守義也想知道姚巍山究竟是為了誰才提出這個交換的，好瞭解姚巍山在海川究竟籠絡到了一些什麼樣的人物，從而知道姚巍山在海川的勢力影響範圍擴大到什麼程度，由此再來判斷姚巍山的擴張會不會影響到他的權益。

孫守義就說：「老姚，你真是有眼光啊，祝季高有能力，視野開闊，把他放到定策縣去，一定會把定策縣的工作帶動起來的。我很贊同你的意見。」

姚巍山心說：祝季高是你的人馬，你當然贊同了。他笑笑說：「看來我們的意見是一致了，那您對誰來接替祝季高這個副秘書長的職務有什麼想法？」

孫守義知道重點來了，姚巍山轉了這麼大的圈子，就是為了空出來的市政府副秘書長的位子，姚巍山一定是想把某人安排在這個位置上，而這個人一定是姚巍山非常信賴的人，不然他也不會為了他費這麼大的周折。因此雖然姚巍山這時候是以請示的口吻問他接替祝季高的人選，但是除非他想開罪姚巍山，否則還是把推薦人選的機會留給姚巍山比較好。

孫守義是個很知趣的人，就說：「老姚啊，我原本根本沒想過要動祝季高，因此對誰來接替他就更沒有數了；再說，市政府副秘書長是隸屬於你分管的範圍，你覺得誰來做這個副秘書長好呢？」

姚巍山終於等到機會了，就說：「孫書記，我心中是有一個人選，不過說出來，您可別怪我有私心啊。」

孫守義看了姚巍山一眼，姚巍山既然這麼說，表示這個人跟他關係很密切，同時姚巍山明確說明他有私心，就是在以私人感情來拜託孫守義幫這個忙，孫守義就更不好拒絕他的請求了。

孫守義笑了一下，說：「老姚，你為什麼說自己有私心啊？」

姚巍山說：「因為我想舉薦的這個人，是我在乾宇市的一個舊同事，他跟我私下關係很不錯。當然，我舉薦他可並不是因為他是我的朋友，而是覺得他能夠勝任市政府副秘書長這個職務。」

孫守義心中暗自好笑，幹部這麼多，適合擔任副秘書長的人比比皆是，你如果不是因為他是你的朋友，會選擇他才怪呢。不過孫守義既然已經決定要做這個順水人情了，也就不想再給姚巍山找彆扭，於是說：

「老姚，我相信你是為了工作好的。說吧，你想調來的這個同志叫什麼名字，在乾宇市擔任什麼職務啊？」

姚巍山沒想到孫守義會答應得這麼痛快，他原來還準備了一堆的說辭好說服孫守義呢，這下倒省事多了。

姚巍山就說：「我說的是乾宇市政法委的副書記林蘇行同志。」

孫守義聽了說：「行啊，雖然我並不認識這個同志，但是我相信你推薦的人是不會錯的，這樣吧，回頭我會讓市委組織部去跟省組織部協調，儘快讓省組織部將這個林蘇行同志調過來。」

孫守義這是想把好人做到底，因為要跨市調動幹部，海川市市委是沒有這個許可權的，海川市市委必須要向東海省省委組織部提出申請，由省組織部出面跟對方市協調，取得對方市的同意，才能由省委組織部發出調令將人調過來。

這個過程需要協調一些關係，孫守義主動說讓組織部的人去跟省委組織部的人協調，也就省得姚巍山還要費事了。

姚巍山感激地說：「那真是太感謝您了。」

孫守義笑笑說：「客氣什麼啊，我們是搭檔嘛。」

海川大廈，熙海投資公司的辦公室。

傅華和湯曼正相對而坐，他們在等著羅茜男的到來。羅茜男跟傅華約定了今天在熙海投資正式簽訂合作協議文本，兩家公司都不想大操大辦簽字儀式，只想簡單的見個面，雙方簽字蓋章，就算他們的合作正式確立了。

離約定的時間還有十幾分鐘，羅茜男和豪天集團的人還沒有露面，湯曼看了看傅華，有些不耐煩的說：「豪天集團這些人也真是的，磨蹭到現在還不來。」

傅華安撫說：「小曼，你耐心一點好嗎？還不到約定的時間呢。」

湯曼哼了聲說：「我知道還沒到約定的時間，不過簽約這麼重要的事情，他們起碼也該提前一點來才夠誠意啊。傅哥，我們非要跟雎才燾和羅茜男合作不可嗎？你可別忘了，當初就是這兩個人讓國土局把我們項目的土地給收回去的。」

為了保密，傅華並沒有將羅茜男幫忙扳倒李廣武的事情對外宣揚出來，而官方查處李廣武也沒詳細公佈李廣武究竟是怎麼被雙規的，因此湯曼並不知道羅茜男已經臨陣倒戈，成了他們陣營的人。

傅華就說：「小曼，商場上是沒有永遠的敵人的，現在豪天集團有資金，而我們有土地，雙方合作是一種雙贏，何樂而不為呢？」

湯曼卻不以為然地說：「什麼雙贏啊，你就不擔心羅茜男和睢才燾那兩個傢伙在合作中搗鬼害你嗎？」

傅華笑說：「應該不會啦，現在我們只有精誠合作才能實現雙贏，豪天集團搗鬼的話，他們自己也會受到很大損失的。」

湯曼仍然持反對的態度，說：「反正我總覺得跟他們合作不太妥當。傅哥，你如果缺資金的話，可以找我哥幫你想辦法啊，不是只有跟豪天集團合作一條途徑的。」

傅華說：「小曼啊，這個項目要動用的資金隨便都是上億，你以為你哥會有這麼多資金放在那裏等我用嗎？你哥的資金大多都要放在股市當中周轉的。」

兩人正說著話，羅茜男到了。

令傅華想不到的是，雎才燾也跟著羅茜男一起來了。在事前的交流當中，羅茜男沒說雎才燾也會出席，因此傅華難免有些意外。

不知道雎才燾是出於一種什麼樣的心態非要來參加簽約儀式的，但是雎才燾既然來了，禮貌上傅華也不得不表示歡迎，他和湯曼就迎了上去。

傅華跟雎才燾握了握手，說：「想不到雎少這麼肯賞臉，居然屈尊來熙海投資參加簽字儀式啊。」

雎才燾說：「傅先生可千萬別這麼說，我現在已經不是什麼雎少了，我現在的身分是個普通商人，是豪天集團一個董事會的成員而已。今天熙海投資和豪天集團要簽字合作，我作為豪天集團的董事之一，前來見證一下，不為過吧？」

傅華笑笑說：「不為過，歡迎之至。」

雎才燾用手點了點傅華，說：「傅先生這話說得就言不由衷了吧？你大概心中巴不得我不來，好讓你肆意操弄豪天集團對吧？」

聽到雎才燾明顯是一副挑釁的口吻，羅茜男的臉色變了一下，皺著眉頭看了雎才燾一眼，說：「才燾，你這說的是什麼話啊？什麼叫肆意操弄豪天集團啊？這合約是我事先跟傅先生經過認真磋商才達成的，你情我願，並不存在什麼操弄不操弄的問題。」

睢才熹說：「茜男，我是在幫你打抱不平，憑什麼我們現金白銀拿出那麼多錢，卻僅僅得到百分之三十幾的股份啊？熙海投資這不是欺負人嘛！」

傅華看出睢才熹今天是故意找碴來的，心說：睢才熹，你瞎鬧騰什麼啊？協議的條款基本上都已經談好了，羅茜男絕不會因為你鬧騰幾句就跟我撕毀合約的，你鬧騰也是白鬧騰，何苦來哉呢？

這時，一旁的湯曼有些看不過眼了，衝著睢才熹說：「睢才熹，你瞎嚷嚷什麼啊，你以為我們稀罕跟你們合作啊？你們不願意的話，大可以不簽這份協議啊。」

見湯曼這麼說，睢才熹越發得理了，看著羅茜男說：「茜男，你聽到了沒有，人家根本就沒有把豪天集團放在眼中，既然這樣，我們何必再跟他們簽什麼合作協議呢？好像我們有錢沒處花一樣，走，我們回去。」

睢才熹說著，作勢就要拉著羅茜男走，傅華就有些不高興了，睢才熹，你可真是給臉不要臉啊，好像你能當家做主了一樣！

傅華不去理會睢才熹，只看了看羅茜男，說：「羅小姐，你這是跟我玩的哪一齣啊？你如果不想跟我合作就明說嘛，不需要讓睢少出來扮這個黑臉的。」

羅茜男在心中暗罵睢才燾不是個東西，她知道睢才燾說這些，是故意搗亂來的，但是現在她又需要跟睢才燾維持一個表面的和諧，因此無法呵斥睢才燾什麼。

羅茜男只好對傅華抱歉地說：「傅先生，才燾只不過是跟你開個玩笑，你居然還當真了。才燾，你趕緊跟傅先生解釋一下。」

睢才燾說那些話其實也就是想給傅華添點堵而已，他也知道不能真的阻止兩人簽約。見羅茜男這麼說，便借坡下驢，對傅華說：「傅先生，你千萬別生氣，你不會連我是跟你開玩笑的都沒看出來吧？」

傅華搖搖頭，譏刺地說：「我還真沒看出來，原來睢少是這麼有幽默感的一個人啊！」

睢才燾語帶雙關的說：「等以後我們相處久了，你會越來越知道我這一點的。」

傅華聽出睢才燾這是在威脅他以後會要他好看，便毫不示弱的說：「那我就等著看究竟睢少能夠幽默到什麼程度好了。」

雖然兩人間的火藥味仍然很足，但是局面已經緩和了下來，睢才焘也沒再說什麼要走的話了。羅茜男就打圓場說：「好了好了，你們兩個大男人就別這麼多廢話了，我們還是先辦正事要緊，先把合同簽了再說好嗎？」

傅華擺了擺手說：「行啊，就按照羅小姐的吩咐去做吧。」

於是傅華和羅茜男分別代表熙海投資和豪天集團，各自在合同文本上簽字蓋章，至此，雙方的合作算是正式成立，傅華和羅茜男交換了手中的文本，然後握了握手，互相道了一句合作愉快。

儀式結束後，羅茜男和睢才焘就帶著合約離開了。

傅華對湯曼說：「小曼，這段時間真是讓你辛苦了，現在合作協議已經簽了，事情算是告一段落，我請你吃飯慶祝一下吧。」

湯曼白了傅華一眼，賭氣說：「我不去！我不覺得你跟睢才焘和羅茜男這樣的人合作是值得慶祝的事，你也看到剛才睢才焘那個惹人厭的樣子了，我的心裏別提多膩味了，你現在就是請我吃再好的東西，我也吃不下。」

傅華笑說：「你這丫頭，他們都走了你還在生氣啊，你的脾氣也太大了吧？其實我覺得你不應該生氣，反而應該高興才對。」

湯曼不解地看了傅華一眼，說：「我為什麼應該高興啊？」

傅華說：「因為我們才是占便宜的一方啊！你也知道我們的資金狀況，根本就支付不起土地出讓金。現在羅茜男和雎才燾幫我們解決了這個難題，我們付出的代價僅僅是百分之三十三的股份，這你還不應該高興啊。」

湯曼嘟著嘴說：「反正我覺得那兩個人的嘴臉挺討厭的，真不知道你為什麼非跟他們合作不可。」

雖然湯曼是值得信賴的，但是傅華並不想跟她透露太多的細節，就笑笑說：「這還要問為什麼嗎？光是豪天集團帶來的資金這一點就足夠了。誒，小曼，你究竟去不去吃啊？不去的話，我可先閃啦。」

湯曼沒好氣地說：「去，為什麼不去啊！」

傅華笑了起來，說：「是你剛才說心裏膩味，請你吃再好吃的東西也吃不下的啊。」

湯曼哼了聲說：「我改變主意了，看你跟他們合作我就挺窩火的，如果再賠上一頓大餐，豈不是更虧了。」

傅華笑說：「反正你怎麼說都有理。說吧，你想吃什麼？」

湯曼賭氣說：「那你要請我吃頓好的，這樣我才會消氣一點。」

傅華故意逗她說：「那我寧願你不要消氣好了，這樣起碼我的錢包不用受氣了。」

「那可不行，」湯曼不依地叫道：「這回我一定要好好宰你一頓。」

傅華笑說：「好，怕了你了，說吧，吃什麼？」

湯曼想了想說：「我們去吃和風洋食吧。」

「和風洋食是什麼東西啊？」傅華還是第一次聽到這個名詞，因此問道。

湯曼失笑說：「你真是孤陋寡聞，連這都不知道！所謂的和風洋食，就是日本廚師改良的西餐。」

傅華不以為然地說：「不會吧，西餐我覺得還是外國人做得比較好。」

湯曼白了眼傅華說：「叫我怎麼說你好呢，你還是搞接待的呢，難道你沒聽說過餐飲業近來流傳著一句話，最好吃的西餐在日本嗎？」

傅華搖搖頭說：「我還真沒聽說過。」

湯曼解釋說：「那我告訴你吧，為什麼說現在最好的西餐在日本，因為日本素來注重環保，因此各種食材絲毫不遜色世界其他地區。而且日本務求精細和美感的傳統，對餐食造型十分講究，讓西餐的內容更精緻，更充滿詩意；加上日本人骨子裏對技藝的執著和精神，促使了日本廚師做西餐向一個新的方向發展。所以就有人將日式改良西餐命名為和風洋食。」

傅華聽了，大感興趣地說：「叫你說的我也有些好奇了，那我們去哪裡吃啊？」

湯曼想了一下說：「那就去kitchen igosso，在關東店北街的一個居民區裏，我很喜歡那裏的氣氛，我相信傅哥去了那裏也會喜歡的，而且那裏的日本廚師超帥啊。」

傅華取笑說：「原來你是著迷那裏的帥廚師啊。」

湯曼笑說：「我才不是花癡呢，我只是喜歡男人做事認真的那種態度。比方說傅哥，你就是那種做事認真的男人。」說著，又用一種崇拜愛慕的眼光看著傅華。

見湯曼把話題引到他的身上，傅華趕忙說：「這家店在關東店北街那裏是吧？我們趕緊去吧。」

兩人就去了餐廳，到了那裏，傅華感覺日本人對於設計有獨特的品味，他們並不愛俗豔的華麗造型，而是喜好簡潔的風格，感覺卻別有意味，好比這家餐廳牆面上只是簡單地刷了淡色油漆，然後就只有一個英文招牌，並沒有太多的繁蕪裝飾。

走進店裏，店中央懸掛著一塊巨大的黑板，上面用粉筆分別以英文、中文、日文寫著推薦菜色。店內放的是悠揚的爵士樂；傅華也看到了湯曼說的那個很帥的日本廚師，做事很認真嚴謹，談吐中還略顯害羞。

等到吃起來，傅華發現和風洋食並不是真正意義上的西餐，它只是運用跟西餐類似的食材、調味料和烹調方法，但做出來的東西在口味上稍顯清淡，在擺盤造型上，則是融合一些日式餐點的美學，更顯精緻。

傅華正吃著伊比利亞火腿，這是一種西班牙的醃製火腿，這時，坐在對面的湯曼突然碰了他的手一下，說：「傅哥，你看門口。」

傅華不經意地說：「門口那邊有什麼好看的？」說著，轉頭看向了門口，當下立時愣住，因為他看到鄭莉正挽著一位英俊男士的胳膊從門口走進了餐廳。

鄭莉身旁的這位男伴個子很高，大約有一米七八，三十多歲的樣子，一身休閒打扮，古銅色皮膚，看上去很健康陽光的一個男人。

雖然這個男人也是黑頭髮黑眼睛黃皮膚的華人模樣，但舉手投足間卻有著跟中國人不一樣的氣質，傅華猜測他很可能是從小移民國外的歸國華僑。

這個男人和鄭莉很隨意的說笑著，鄭莉並沒有注意到傅華，她的眼神都盯在那位英俊男人的身上，似乎整個餐廳值得注意的就只有那個男人，臉上還帶著甜蜜的微笑。

鄭莉的這種表情傅華曾經見過，因為他們熱戀的時候，鄭莉也曾經這麼看過他。

第二章
暗潮勢力

「睢心雄的案子已經到了塵埃落定的時候，
最壞的情形已經發生過了，睢家的勢力就要觸底反彈了；
這股暗潮勢力很可能成為睢才燾可用的力量，
這對你我來說可不是一件好事，
所以你最近要多注意一下睢才燾的動向。」

雖然鄭莉已經跟他離婚了，但是傅華看到鄭莉這個樣子，心裏還是感到了一陣刺痛，就好像屬於他的東西被別人給搶走了，他卻無力奪回來一樣。

傅華苦笑了一下，回過頭對湯曼說：「怎麼這麼巧啊？」

湯曼笑說：「正巧碰上了而已吧。誒，他們走過來了，我們還是打聲招呼吧。」

傅華就和湯曼站了起來，湯曼揮著手招呼說：「誒，小莉姐，你也來這裏吃飯啊？」

鄭莉顯然沒有注意到傅華和湯曼，驟然看到湯曼跟她打招呼，臉上錯愕了一下，隨即又看到傅華，不由得臉紅了一下，笑笑說：「是啊小曼，這麼這麼巧？沒想到會在這裏碰到你們。」

說話的間隙，鄭莉衝傅華微微點了點頭，算是打了招呼。

傅華看鄭莉的手挽著那個男人的胳膊始終沒放下來，心裏越發酸溜溜的很不是滋味，看來鄭莉跟這個男人關係很是親近。

湯曼寒暄說：「誒，小莉姐，你這位朋友是？」

鄭莉聽了，介紹說：「這位是彼得，我的朋友，剛從法國來的。彼得，這位是湯曼，我的好朋友，這位是傅華……」

鄭莉在介紹到傅華身分的時候，遲疑了一下，顯然她覺得在這個英俊男人面前，她和傅華的關係讓她有點難以啟齒，不過隨即她還是大方地介紹道：「傅華是我的前夫。」

聽到「前夫」兩個字，彼得特別打量了一下傅華，然後伸出手來，用略微生硬的中文說：「幸會，傅先生。」

傅華禮貌地跟彼得握了手，說：「幸會，彼得。」

兩人握完手，互相打量著，也不知道接下來該說些什麼好，場面一時出現了冷場。

湯曼見狀也伸出手來跟彼得握了手，說：「很高興認識你，彼得。」

「我也很高興認識你，湯曼小姐。」彼得回說。

湯曼忍不住八卦地問道：「彼得，你是小莉姐現在的男朋友嗎？」

傅華聽湯曼問出這個問題，耳朵不禁豎直了起來，他也很想知道這個問題的答案。

一旁的鄭莉臉色變了變，瞪了湯曼一眼說：「小曼，你別胡鬧，彼得只是我的朋友。」

彼得倒是很自然地說：「湯小姐，我是很想成為小莉的男朋友，不過，這個目標目前還沒實現，我還在努力當中。」

鄭莉嬌羞地推了彼得一下，笑說：「彼得，你又瞎說了。好了小曼，我們就不耽擱你和傅華了。」就拖著彼得去裏面另找了個位置坐下來。

湯曼和傅華便也坐了下來，湯曼偷眼看了看傅華，小心地說：「傅哥，你的臉色有點難看啊，是不是你還很在意小莉姐啊？」

雖然也想過鄭莉跟他離婚後，遲早會再有新的朋友，但是當鄭莉真的親密地和別的男人出現在他面前的時候，傅華的心裏難免還是有些落寞；同時，彼得的樣子也讓他有自慚形穢的感覺，也許鄭莉就該由像彼得這樣子的男人陪伴她才對吧。

傅華酸溜溜的說：「我現在在不在意還有關係嗎？你沒看到她已經開始尋求新的幸福了嗎？」

湯曼開導說：「我覺得這樣子很好啊，你們既然已經無法復合，就應該放下過去往前看。我看這個彼得和小莉姐挺般配的。你覺得呢，傅哥？」

聽湯曼這麼說，傅華心裏更不是滋味了，他半開玩笑半責怪的說：「既然你能看得出來他們配不配，乾脆去做媒婆好了。」

湯曼癟了一下嘴，回說：「你們這些男人的心理怎麼這樣古怪啊，就是受不了自己在意的女人去喜歡別人；我哥當初對你是這樣，現在你對彼得也是這樣，表面上說這是因為愛，其實根本就是心胸狹窄。」

傅華被湯曼的話噎了一下，卻沒法反駁她的話，心裏的確有一種不想放手卻又不得不放手、不捨與無奈交集的複雜情緒，不禁瞪了湯曼一眼，沒好氣的說：「好了，小曼，哪那麼多話啊，趕緊吃你的吧。」

這段飯剩下來的時間，傅華就吃的有些心不在焉，不時地去偷瞄鄭莉跟彼得的互動情形，看兩人有沒有什麼親密的動作。那邊鄭莉和彼得在他的偷窺下倒是很從容，彼得不時還會說點笑話之類的，逗得鄭莉笑得花枝亂顫。

傅華看到這個情形，越發想要趕緊離開，於是催促湯曼快點吃；湯曼理解傅華的心情，只好匆匆幾口結束了這頓午餐。

吃完，傅華為了顯得很有風度的樣子，還和湯曼一起去向鄭莉彼得打了聲招呼，才從飯店裏出來。

兩人一出餐廳，湯曼就抱怨地嚷道：「傅哥，這頓飯叫你催得這麼急，再好吃的東西也沒吃出滋味來，回頭你可得再補請我一次才行。」

傅華笑說：「行，改天我再補請你，現在我們還是快離開這裏吧，別一會兒他們吃完出來再碰到，就尷尬了。」

雖然心情因為鄭莉有了新男友而受到影響，但是傅華眼前還有一堆的麻煩事等著要去解決，他先將湯曼送回海川大廈，自己則是驅車前往和穹集團，想和高芸討論開發項目的事。

高芸看到傅華來了，笑笑說：「傅華，你來得正好，我有事要問你。」

傅華說：「什麼事啊？」

高芸說：「我看到國土局官方網站發佈的公告，上面撤銷了沒收你們那兩塊地的決定，天豐源廣場和豐源中心這兩個項目重歸你們所有，下一步你有什麼打算啊？」

傅華聽了說：「我來就是想跟你討論這件事的，誒，你想不想參與這兩個項目的開發啊？」

高芸說：「想是想，不過，也要看你們的開發計畫合不合適和穹集團才行。你先說說你的計畫好了。」

傅華便說了想由和穹集團全額墊資開發項目，熙海投資願意支付百分之十的利息的想法。

「全額墊資啊？」高芸眉頭皺了起來，沉吟了一下，說：「這個項目的墊資額有點高，幾十億啊，和穹集團倒不是沒這麼多錢，但是和穹集團的業務很多，資金分散在各個項目當中，你讓我一下子拿出這麼多，恐怕做不到啊。」

傅華沒想到高芸會拒絕他，怔了一下，不甘心地說：「高芸，資金的問題你就不能想想別的辦法？」

高芸搖搖頭，說：「再有辦法就是銀行貸款了。但是這麼大的額度，和穹集團是很難拿到的；而且就算拿得到，我也不敢拿啊，因為你恐怕也無法保證在豐源中心建成後，一定能如期支付建築款項和利息。」

傅華趕緊說道：「這個你就無需擔心了，如果到時候資金無法迅速回籠的話，我可以把建好的豐源中心分一部分給和穹集團，做為沖抵欠你們的款項和利息。」

高芸仍是搖頭，說：「如果我接受你說的這個辦法，你的麻煩是解決了，但是難題卻立即轉嫁到和穹集團身上，這等於是和穹集團用貸款購買不動產，短期融資被迫轉成了長期投資，這是企業資金運作中的大忌，任何一個明智的經理人都不會這麼做的。」

高芸說的很有道理，和穹集團雖然實力雄厚，卻沒有雄厚到有幾十億資金在那裏閒置的程度，因此，和穹集團要接這個項目的話，就需要各方籌措資金才行。不是自有資金，也就增加了風險，一旦出現什麼資金鏈斷裂的情況，和穹集團很可能會因此遭殃的。

高芸誠摯地說：「傅華，我是真的很想幫你這個忙，但是幫忙也要從公司的實際情況出發才行，如果和穹集團沒這個能力卻強行去做的話，最終的結果只會使我們兩家公司都被拖垮的。」

雖然對被拒絕感到有些沮喪，傅華卻也不得不承認高芸這麼做是明智的，難怪胡瑜非會那麼看重高芸，屬意高芸做他的兒媳婦，將來好接掌天策集團，這個女人做生意的能力果然有一套。

傅華無奈地說：「那好吧，既然和穹集團不行，我再想別的辦法吧。」

高芸說：「傅華，你的問題並不是沒有辦法解決，我認為你是找錯方向了，有這個實力能幫你全額墊資的，恐怕只有一些搞建築的大型國企，他們即使拿不出這麼多錢來，也可以輕易地向銀行進行融資，在這方面，國營企業比我們這些民間企業有著更大的優勢。」

傅華想了想說：「我明白你的意思了，我就從這方面再著手尋找合作夥伴吧。」

高芸接著說：「我很奇怪，你為什麼會選擇跟豪天集團合作啊？羅茜男並不是個好對付的人，再說，還有一個睢才熹攪和在其中，你們的合作十分奇怪啊，說實在，這也是我無法相信你們的償債能力的原因之一。」

傅華不想跟高芸解釋是因為羅茜男他才有機會拿回項目，因此含糊地說：「各方面因素吧，豪天集團手中恰好有一筆能夠繳納土地出讓金的款子，於是我們就各取所需了。」

高芸不禁看了傅華一眼，說：「傅華，你最近的行事風格可是大變啊，以前你沒這麼激進的，不會是因為離婚的關係吧……」

傅華看高芸把這個歸咎於他的離婚，趕忙阻止說：「好了，別往我的離婚上扯了，是我自己想改變一下；我也是三十幾歲的人了，該是搏一下的時候啦。」

高芸開玩笑說：「這次你玩的可是有點大啊。」

傅華攤著手說：「這我也意識到了，但既然已經玩了，退出的話就意味著全輸，沒辦法，我也只能硬著頭皮繼續玩下去了。」

從高芸那裏出來，傅華便轉往單燕平的興海集團北京總部。

單燕平看到傅華就問道：「誒，老同學，許彤彤去橫店拍戲，回來沒啊？」

傅華說：「我跟她最近沒怎麼聯繫，我也不知道她回來沒啊。」

單燕平用別具含意的眼神看著傅華說：「老同學，你這就不實在了吧？你當我不知道許彤彤對你有意思嗎？她會不常跟你聯繫才有鬼呢！」

傅華冤枉地說：「我最近真的沒聯繫過她，她拍戲應該很忙吧。」

單燕平略為失望地說：「那就是沒回來啦。」

傅華說：「她沒回來你也不用這個樣子吧？你究竟找她有什麼事啊？」

單燕平解釋說：「是我一個朋友看到她幫你們拍的那部宣傳片，對許彤彤驚為天人，想要投資讓許彤彤拍電影，好好包裝一下她。」

傅華忍不住說：「老同學，許彤彤還是個新人，你可別帶她走些歪路啊。」

傅華聽聞過娛樂圈一些大老闆是怎麼玩小明星的，像出資拍片就是其中的一個手法，其目的自然是想把小明星帶到他的床上去。

單燕平立即反駁說：「是你想歪了吧，老同學，我很欣賞許彤彤，認為她是個可造之材，所以才想幫她創造一些機會的，怎麼會帶她走歪路呢？再說，你也不想想，我也是女人啊，又怎麼會帶她去做那些邪門歪道的事呢?!」

傅華心說：你是女人不假，但你更是個商人，商人為了利益，很多東西都可以拿來出賣，而美色是很多掌控權勢的男人最想要的，誰又知道你會不會出賣許彤彤來達到自己的目的呢。

傅華不好意思去戳破單燕平，就笑笑說：「那是我誤會啦。好了老同學，我們不談許彤彤了，我今天來是有事相求的。」

「有事相求？」單燕平愣了一下，問道：「你在開玩笑吧，你是政府官員，官方的事我可幫不上什麼忙的。」

傅華說：「不是官方的事，是海川駐京辦跟別家公司組建了一家叫做熙海投資的公司，現在要投資興建豐源中心項目，所以想問問你能不能祝我一臂之力。」

單燕平笑說：「既然我們是老同學，當然是能幫的我一定會幫啦。說吧，想要我做什麼？」

傅華就把他的構想跟單燕平講，單燕平聽了，思索了一下說：

「老同學，你這個如意算盤打得很好啊，這等於是拿我們興海集團的錢幫你發展項目嘛。對興海集團來說，會把所有的資金都高效的運轉起來，因此，我們是不會花費巨資去購置一個幾年後才能使用的不動產的，即使這塊不動產價格很便宜。」

聽單燕平也開口拒絕了他，傅華暗自苦笑，心說今天出門前一定是忘記看黃曆了，所以才會面臨處處碰壁這種窘境。

不過，這種事也不能強求，傅華只好說：「既然你沒有這個意願，那就算了，就當我沒說過這件事吧。」

單燕平趕忙說：「老同學，你先別急啊，興海集團沒這個意願，不代表別人就沒這個意願，這樣吧，我幫你聯絡一下我一些商界的朋友，看看有沒有人感興趣。你這個項目的位置在北京算是黃金地段，我想我的朋友當中肯定會有人感興趣的。」

雖然單燕平願意幫忙，並不意味就一定能找到有意向合作的人，這和傅華原來預想的結果差得很遠，但是他不能不感謝單燕平的幫忙，就笑了一下，說：「那就有勞你費心了，老同學。」

單燕平說：「不用這麼客氣，回頭等我聯繫好了，再給你電話吧。」

從單燕平這裏出來，傅華心中有些茫然，接連兩個如意算盤都沒打得響，讓他意識到事情遠比他想像的更為複雜，他必須下更多的心思才行。

不過，此刻他沒有心思去想這件事，他還有一件任務要完成，得要趕去機場，接晚上到京的胡俊森。楊志欣即將在隔天聽取胡俊森關於海川市新區的彙報。

傅華將胡俊森接到海川大廈，開了房間住下。胡俊森看上去有點緊張，一見面就問傅華：他這副形象去見楊志欣會不會有什麼問題？傅華開玩笑說：「胡副市長這麼帥，當然沒問題了。」

胡俊森笑說：「你這傢伙耍我啊，楊志欣又不是女人，我長再帥也沒有用啊。」

傅華寬慰說：「您無需這麼緊張，就用平常心對待好了。」

胡俊森面有難色地說：「我也想用平常心對待啊，但我還是第一次有機會跟楊志欣這一級別的官員彙報，想不緊張很難啊。誒，傅華，先別說這個了，你來幫我看看我準備的彙報稿吧，這可是市裏專門抽調精幹人員組成的寫作班子寫出來的，你幫我看看對不對楊志欣的口味？」

胡俊森把一份稿子遞給傅華，傅華翻看了起來。

看完，傅華把稿子放到一邊，胡俊森看傅華把稿子放了下來，急急問道：「你覺得這份稿子怎麼樣？」

傅華評論說：「我感覺這份稿子四平八穩，基本上把海川市想要表達出來的問題都表達出來了，算是面面俱到；然而，缺點就是太老套了，想憑這份稿子讓楊志欣對你印象深刻，是不可能的，搞不好他還會認為你是個做事死板的官員呢。」

胡俊森點點頭說：「我也覺得內容有些枯燥，這是寫作班子出來的文件慣有的通病；但是，要去跟楊志欣彙報，我不敢太隨便，所以不得不用這份稿子。」

傅華建議說：「我沒說不用這份稿子，只是我希望你能表現的更靈活一點，你可以把稿子背下來，然後把內容打散，只抓重點，儘量減少套話空話，像平常聊天一樣跟楊志欣做彙報，效果一定會更好。」

胡俊森擔心地說：「可是我怕那樣子，一緊張我會有所疏漏。」

傅華安慰他說：「你緊張什麼啊，楊志欣也是普通人，不會因為官職高，他就變成怪物，你用平常心對他就好了。」

胡俊森這才稍微放下心來，說：「那好吧，我今晚試著按照你說的準備一下好了。」

第二天，傅華一早就來到胡俊森的房間，胡俊森早已穿戴整齊，做好了要去見楊志欣的準備。

傅華開車送他去國務院。胡俊森努力鎮定自己的心神，在進去見楊志欣前，仍是忍不住對傅華說：「傅華，我心裏還是有點打鼓啊。」

傅華拍了一下胡俊森的胳膊，打氣說：「胡副市長，我相信您一定行的，快進去吧。」

胡俊森點點頭，挺直了胸膛，然後往裏面走去。

傅華看著他的背影，心想：如果這次胡俊森彙報順利的話，將會受到東海省甚至國務院的關注，成為東海省一顆冉冉升起的政壇新星，自己等於是見證了這個新星的誕生，甚至在其中發揮了很大的作用，不禁心中浮起一種自豪感。

辦公廳的同志將胡俊森領進了楊志欣的辦公室，楊志欣看到胡俊森，笑著迎了過來，跟胡俊森握了握手，說：「俊森同志，什麼時間到北京的？住在什麼地方啊？」

胡俊森感到楊志欣十分和藹可親，跟他握手也很有力度，不覺就有一種親切感，緊張的心情也就放鬆了很多，趕緊回說：「我昨晚就到了，住在海川大廈。」

楊志欣說：「辛苦你了，來，坐吧。」

坐定後，秘書給胡俊森倒了杯茶，然後坐到一旁給兩人的談話做記錄。

楊志欣說：「俊森同志，我今天找你來，是想瞭解一下海川新區的情況，你別緊張，有什麼就說什麼好了。」

胡俊森點點頭說：「我一定如實向您做彙報的。」

楊志新滿意地說：「那就開始吧。」

胡俊森就開始彙報海川新區目前的發展狀況，楊志欣聽得相當認真，不時還會提出一些問題來讓胡俊森回答。

聽完，楊志欣微微點了點頭，笑笑說：「不錯啊，海川新區的發展情況很不錯，俊森同志，看得出來你為新區付出了很多的心血。」

胡俊森不好意思地說：「海川新區能有今天的成績，與海川市市委和市政府的共同努力是分不開的，我只是做了分內的工作而已。」

楊志欣稱讚說：「你還挺謙虛的啊。不過俊森同志，我找你來可不僅僅是要聽這些空話，我知道你來彙報，是想從國務院這裏得到一些政策上的扶持，那你現在告訴我，國內的新區這麼多，國務院為什麼要特別給你們海川新區格外的政策支持呢？」

胡俊森緊張起來，知道這是楊志欣在考較他的能力了，楊志欣的意思很明白，你不是想要我支持嗎，行啊，拿出理由來說服我。

他咳了一聲，借機穩定一下自己的情緒，然後笑笑說：「那我就談談建設好海川新區能夠起到的作用吧。」

胡俊森便開始侃侃而談關於發展海川新區能夠對周邊地區起到的帶動作用。首先，他認為，海川是東海省對東北亞開放的窗口和龍頭，海川市新區建設好的話，既是國家區域戰略佈局的重大改革，也能進一步發揮海川市的帶頭作用，可以帶動東海省經濟的現實需要。

其次，海川是東海省沿海經濟帶的核心，建設好海川新區，可以進一步探索行政區與功能區融合發展的新模式，並提升東海省沿海經濟帶的整體國際競爭力。對於實現東部沿海地區南北均衡協調發展，發揮海陸統籌發展優勢具有重要意義。

第三點，從東海省以及周邊地區來看，隨著工業進入全面發展的新階段，迫切需要一個功能強、輻射作用大的新引擎來帶動。

第四點……

聽著胡俊森頭頭是道地說出他的理由，楊志欣說：「我聽出你想跟我要的是一個國家級的新區。俊森同志，你看問題的格局很大啊，不過，我恐怕無法滿足你這個要求，因為海川新區的發展還不具備國家級新區那種對周邊地區強烈帶動的戰略意義。」

胡俊森進一步解釋說：「您搞錯了，我沒有想要一個國家級的新區，我想要的是一個中日韓自由貿易的先行區。據我所知，根據日前中日韓正式簽署的投資協議，三方同意將啟動三地自由貿易區談判，海川市很想成為這個自由貿易的先行區，推行中日韓三國的自由貿易。」

所謂的自由貿易先行區，區內除了允許外國船舶自由進出，外國貨物免稅進口，更取消對進口貨物的配額管制，是一個國家對外開放的特殊區域。胡俊森之所以想在海川設立自由貿易先行區，是因為這個先行區除了具有自由港的大部分特點外，還可以大範圍地為海川新區吸引外資設廠，發展出口加工企業，鼓勵外資設立大的商業企業、金融機構等，從而促進區內經濟綜合，全面地發展。

「中日韓自由貿易先行區？」楊志欣笑說：「俊森同志，不得不說你這個設想很有創意。」

胡俊森驚喜地說：「這麼說，您對我這個想法是支持的了？」

楊志欣語帶保留地說：「俊森同志，我可沒作明確的表態啊，我只是覺得這個想法很有創意，至於能不能在海川市實施，我不可能一言而決，還是要先經過有關部門做可行性的研究才行。」

楊志欣說要先進行可行性研究，也就是說，這個提案已進入到國務院的視野當中了，等於給海川一次很好的機會，胡俊森不由得有些喜出望外，連聲說：「謝謝，謝謝您對我們海川的大力支持。」

看到滿臉笑容走出來的胡俊森，等在外面車裏的傅華就知道這次的會見相當成功。

果然，胡俊森上車後，笑著說：「傅華，楊副總理已經答應要對在海川設立中日韓自由貿易先行區這個想法進行研究了，如果到時候這個先行區真的被批准，我會為你請功的。」

傅華對此倒是沒有感到太興奮，一個大的政策支持要落到某個地方，肯定會有很多人眼紅，從而引發一場爭奪戰，因此，不僅僅是要有高層領導的支持，還必須要在相關利益各方的博奕中勝出才行。所以獲得楊志欣的支持只是第一步，胡俊森最終能不能如願，還有很長一段路要走。

傅華低調地說：「這個就不必了，我也沒做什麼，如果真的被批准，功勞應該都是屬於您胡副市長的。」

胡俊森興奮地說：「你怎麼沒做什麼啊，你把我引薦給楊副總理就是首功一件啦。」

傅華心裏暗自好笑，心說這件事八字還沒有一撇呢，胡俊森卻已經開始要論功行賞了。傅華不好去掃胡俊森的興，於是笑了笑，沒再說什麼。

傅華將胡俊森送回海川大廈。因為擔心彙報的事一天處理不完，胡俊森多預留了一天的行程，因此會在這裏住一晚，第二天再返回海川。

胡俊森由於心情從高度緊張徹底放鬆下來，人也感覺到格外的疲憊，回到海川大廈後，立即上床休息去了。

傅華則是回自己的辦公室，他還有許多事情要處理。

忙碌了一會兒，他的手機響了起來，是胡瑜非打來的。傅華猜測胡瑜非這時候打來，可能是要跟他講楊志欣和胡俊森見面的事，趕忙接通了。

「胡叔，您是不是想跟我講楊叔和胡俊森見面的事啊？」

胡瑜非笑說：「是啊，志欣剛才跟我通電話，說對這個胡俊森很欣賞，認為他是個很具戰略視野的人才，這種人才很難得，今後志欣會重點關注他的發展。」

傅華聽了，趕忙問道：「那他提出的自由貿易先行區的想法呢？楊叔有沒有說如何啊？」

胡瑜非說：「志欣對這個想法是支持的，不過能不能真正在海川實施，他卻無法保證，因為類似的自由貿易區的設想，高層已經在醞釀當中了，海川並沒有太大的優勢，因此能不能落戶在海川很難說，只是志欣說他還是會盡力爭取看看。」

聽胡瑜非這麼說，傅華就知道海川大概機會渺茫了，不過，對胡俊森而言，卻有很大的收穫，這次北京之行，使他進入了高層的視野，成為領導關注的對象，仕途從此將會是一片光明，也無需再去擔心姚巍山會給他什麼小鞋穿了，因此傅華覺得還是達到了預期的目標，便感謝說：「胡叔，您替我謝謝楊叔，這次讓他費心了。」

胡瑜非說：「行，這話我幫你帶到。對了，傅華，還有一件事要跟你說，你最近要多注意一下睢才燾的動向，看看他有沒有什麼異動。」

傅華愣了一下，說：「怎麼了胡叔，您這麼說，是不是睢才燾要做什麼

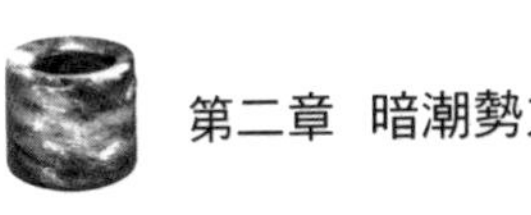

不利於我們的行為啊？按說他沒這麼快恢復元氣啊？」

胡瑜非說：「不是他恢復了元氣，而是睢心雄現在可以跟外界接觸了，他的案子已經到了審判階段，按照法定程序，他可以請律師幫他辯護，律師有單獨會見權，也就是說，睢心雄現在可以跟外面互通消息了。」

傅華不解地問：「這沒什麼吧，胡叔，我不明白您在擔心什麼。」

胡瑜非憂心地說：「我和志欣都認為睢心雄雖然倒臺了，但是對他的清算並不徹底，有一部分實力被他隱藏了下來，睢心雄在牢獄度過的時期，他一定會想辦法把隱藏的這部分實力轉移給睢才燾，我擔心睢才燾會借助這股力量跟你對抗。」

胡瑜非的話，讓傅華想到了那個綁架鄭莉和傅瑾、威脅過他性命的齊姓官員。睢心雄倒臺後，傅華並沒有看到齊姓官員也跟著倒臺的消息，因此理論上，這個齊姓官員應該還在原來的位置上，並沒有因為睢心雄出事而跟著出事。

傅華心裏不禁慌了一下，這個齊姓官員是個很危險的敵人，行事不擇手段，殺人不眨眼，他可是領教過這傢伙的厲害，這個齊姓官員會不會又冒出來幫睢才燾對付他呢？這個人不得不小心應對。

於是傅華謹慎地說：「我知道了胡叔，我會注意的。」

結束跟胡瑜非的通話後，傅華趕緊打電話給羅茜男。雎才燾還待在豪天集團，羅茜男應該是現在最瞭解雎才燾行蹤的人，要知道雎才燾有沒有什麼異常舉動，必須要找羅茜男。

羅茜男很快接了電話，問道：「找我什麼事啊，傅華？」

「最近幾天，雎才燾有沒有什麼異常的行為啊？」傅華問。

羅茜男想了想說：「沒有啊，他還是跟往常一樣，沒什麼特別的。」

「那他有沒有提到要為他父親辯護的事啊？」

雎心雄的案子進入到審判階段，照說雎才燾起碼應該要忙著為雎心雄辯護的事，不可能跟往常一樣才對。

「這個我沒聽他說過，他現在跟我雖然表面上很好，但其實我們各懷戒心。怎麼了，他父親的案子要上法庭了嗎？」

「是啊，據我聽到的消息，他父親的案子已經進入到審判階段，這個階段雎心雄可以單獨會見律師。」

羅茜男不以為意地說：「見律師就見吧，與我們也沒什麼關係啊。」

「你想，這就是說睢心雄的案子已經到了塵埃落定的時候，最壞的情形已經發生過了，睢家的勢力就要觸底反彈了；這股暗潮勢力很可能成為睢才燾可用的力量，這對你我來說可不是一件好事，所以你最近要多注意一下睢才燾的動向。」

羅茜男說：「我一直派人在盯著睢才燾，目前看倒沒什麼異常。」

傅華提醒說：「我覺得你還是小心點為妙，你派去盯他的人不一定靠得住；如果靠得住的話，像他父親的案子已經進入到審判階段這種事，你應該早就知道的。」

羅茜男很有把握地說：「我的人絕沒問題，可能是一時的疏忽吧，回頭我會叮囑他們看緊睢才燾的。」

結束通話後，羅茜男就把陸豐叫了過來，問道：「陸叔，你知道這幾天睢才燾都幹什麼了嗎？」

陸豐順口回說：「沒什麼，一如往常啊。」

羅茜男問：「那他有沒有去法院，或者見過律師什麼的？」

陸豐思索說：「律師是見過，好像他父親的案子要開始審理了，他委託那個律師為他父親辯護。」

羅茜男略微不滿地說：「陸叔，這件事你怎麼不跟我講啊？」

陸豐解釋：「我是覺得這件事只與他父親的案子相關，與我們豪天集團好像沒什麼相干，所以就沒把這件事當回事。」

羅茜男對陸豐擅作主張，沒把睢才燾去見律師這件事跟她說有些生氣，但陸豐算是她的父執輩，她不好去責怪他，只好交代說：「陸叔，睢才燾這傢伙很複雜，以後像是去見律師、進法院這些事也要跟我講一聲。」

陸豐哦了一聲，抱歉地說：「我知道了。誒，茜男，今天睢才燾就去律師事務所見律師去了。」

第三章

小題大做

「秘密部門？」

羅茜男訝異地說：「什麼秘密部門把你嚇成這個樣子？你是不是有點小題大做了啊？」

傅華面色嚴肅地說：「我一點都沒有小題大做，相反，我還覺得沒能跟你形容出這個人的可怕，你明白我的意思嗎？」

此刻，睢才燾確實是在一家叫做「經世」的律師事務所裏，接待他的是事務所的執行主任林景濤。

林景濤五十多歲，是北京知名律師中，以刑辯著稱的大律師。選用林景濤是睢心雄的意思，不僅僅是因為林景濤是著名的刑辯律師，也因為睢心雄跟林景濤是相互熟悉的老朋友，林景濤的父親是睢心雄父親的老部下，兩家算是通家之好，兩人打小就往來密切。因為這層關係，睢心雄對林景濤相當的信賴，睢家很多法律方面的事務都交由林景濤來處理。

林景濤剛剛才去監所裏見過睢心雄，因此睢才燾一見面就問道：「林叔，我父親在裏面怎麼樣，他的精神狀態還好吧？」

林景濤說：「你父親精神狀況還可以，還有心情跟我開玩笑，說在裏面不用忙碌工作，不用應酬，天天運動，人反而健康很多；不過他的白頭髮變多了，看上去顯得有些憔悴，肯定還是有精神上的壓力。」

睢才燾聽了說：「他的頭髮早就花白了，以前都是染的，在裏面因為沒法染髮，所以才會讓你看到他憔悴的樣子。」

林景濤點點頭說：「才燾，你父親在裏面很關心你的近況，問我你在外面受沒受什麼委屈？」

睢才燾眼圈立即紅了，從睢心雄出事到現在，他的境況幾乎是從天上落到地下，品嘗到各種人情的冷暖，但是，苦難是一所最好的大學，這些日子的經歷讓睢才燾成長了很多。

他不想讓自己的父親在裏面為他擔憂，於是說：「林叔，你就跟我父親講我在外面過得還好，別的就不要再講什麼啦。」

林景濤欣慰地說：「才燾，你成熟多了。對了，你父親讓我轉告你一些事。」

睢才燾趕忙問道：「林叔，您快說我爸還說了些什麼。」

林景濤說：「你爸說，政治博奕總是有輸有贏，這次是他運氣不好，你不要為他難過，也不要因為他的事，就覺得在別人面前抬不起頭來；不要去在乎別人對你的態度，這些東西是毫無意義的，你不去在乎它們，它們就無法傷害到你。」

睢才燾用力地點點頭說：「我明白他的意思，他是想讓我過好自己的生活，不要受他的事情的影響。」

林景濤說：「他就是這個意思。再是，他留了一個電話號碼給你，這個號碼是他一位很有能力的朋友的電話，當你在必要時，可以打電話給這個人，只要說你是睢心雄的兒子，然後把你需要他幫忙的事告訴他，他一定會幫助你的。」

睢才燾立即記下這個號碼，然後對林景濤說：「林叔，就您來看，我父親這次會被判多少年啊？」

林景濤皺了一下眉頭，說：「你父親這次的事很麻煩，就起訴書中提到的，有幾項罪行的刑期都在十年以上甚至死刑。」

「死刑？」睢才燾驚叫了一聲，說：「他們不會判我爸爸死刑吧？」

林景濤安慰他說：「才燾，你別緊張，我說的只是可能，而非一定就會這個樣子；他們告訴我，不會判你父親死刑，我分析大概會判他十幾二十年的有期徒刑吧。」

「二十年？」睢才燾聽了說：「這麼長啊？這是不想讓他在短期內出來的意思嘛。」

林景濤嘆說：「是啊，不過你父親倒也不用真的坐滿二十年牢，其間也會有減刑的機會，只是最少也得十年之後才能出獄。十年後，你爸就算出來，恐怕也不會再有什麼政治影響力了。」

睢才燾哀求地看著林景濤說：「林叔，您就沒有什麼辦法能幫我爸少判幾年嗎？」

林景濤搖搖頭說：「別的案子我還能想想辦法，他這個案子我是一點辦法都沒有；不但我沒有，換了任何律師也是沒辦法的，這個案子究竟要怎麼判，估計早就決定好了。」

睢才熹露出苦笑的表情說：「我猜也是這樣，那些人肯定已經研究過要怎麼處置我爸了。」

林景濤拍了拍睢才熹的肩膀，鼓勵他說：「才熹，你也別太難受了，政治有時候就是這麼殘酷的。」

晚上，在曉菲的四合院，傅華和胡俊森正在包廂裏吃飯。

兩人之所以沒在海川大廈就餐，是因為胡俊森說既然到了北京，就要找個接北京地氣的地方嘗嘗北京風味，所以傅華就把他帶到曉菲的四合院來了。

經過一天休息的胡俊森顯得神清氣爽，稱讚說：「傅華，你找的這個地方很不錯啊，青磚碧瓦、假山池魚、仿古門窗，真的給人一種北京的風味。」

傅華說：「這是我朋友開的，當初她開這家店的本意，就是想要儘量保留一些老北京的東西。」

胡俊森有些曖昧地說：「你那個朋友就是那位漂亮的老闆娘吧？我看她跟你顯得很親暱啊。」

傅華說：「我這個朋友很有個性，不拘小節的。」

胡俊森笑說：「我看不僅僅是不拘小節吧，她看你時，可是用那種看特別親近的人才會有的眼神，你們不會是情人吧？」

「胡副市長，這種話千萬不能瞎說。對了，您休息的時候，楊志欣給我來了個電話。」

傅華不想跟胡俊森繼續討論他和曉菲的關係，趕忙換了話題。

果然，胡俊森的注意力馬上就轉移到楊志欣身上，他急忙問道：「楊志欣是怎麼說我的？」

傅華笑笑說：「他稱讚您是個很有戰略眼光的人才，說他會持續關注您的發展。」

「真的嗎？」胡俊森叫說：「他真的這麼說嗎？」

傅華點點頭，說：「我有必要騙您嗎？」

胡俊森興奮地說：「太好了，來傅華，這杯我敬你，這都要感謝你把我引薦給楊志欣。」

傅華聽了說：「您又跟我客氣了，是您夠優秀，才會得到楊志欣的賞識的。」

「我優秀嗎？」胡俊森搖頭說：「曾經我也這麼認為，認為自己很有本事，沒有什麼事情做不到，但是來海川這段時間，讓我意識到我其實沒有自己想的那麼優秀。」

傅華說：「胡副市長，您就別謙虛了，海川新區在你手中其實發展的真的很不錯。」

胡俊森正色說：「我不是謙虛，對海川新區，一度我有一種走投無路的感覺，要不是你當時點撥了我一下，我可能真的要當逃兵了。來，傅華，這杯你一定要喝，因為我真的很感激你。」

傅華就跟胡俊森碰了一下杯，笑說：「酒可以喝，但是您的感激我承受不起，你能在海川新區打開局面那是您的本事，我沒有幫上什麼忙的。」

胡俊森了然於心地說：「你幫沒幫上什麼，我心中有數，別廢話，先把酒給乾了吧。」

兩人把杯中酒給喝了，又吃了幾口菜，胡俊森不禁感嘆說：「傅華，其實我這種人並不適合做官。」

傅華笑說：「您可千萬別這麼說，其實做官是最容易的一件事。我記得有個笑話是這麼說的，幾個人聚在一起討論分工的問題，一個說他擅長數學，於是大家都同意他教數學；另一個就說她英語很棒，她可以教英語……最後一個說：我什麼也不會，這怎麼辦啊？大家異口同聲地說：『那你可以當校長啊。』」

胡俊森笑了，說：「這種無能平庸的官當然好做啦，問題是我不想做這種官，我想做出點成績來。但是現在想要做點事真的很難，你知道嗎，為了海川新區，我跟孫守義還發生過一些衝突呢。」

傅華理解地說：「這我可以想像的出來，您做事有時候有些激進，難免會跟領導發生衝突。」

胡俊森說：「這我也知道，不過，這一方面是我的個性問題，另一方面，也是因為有些事如果不激進一些，恐怕根本就做不起來。就像海川新區，我可以毫不客氣地說，如果我不激進，這個新區根本就建不起來的。」

傅華頗有同感地說：「這倒是。」

胡俊森又感慨說：「傅華，你知道官場讓我感覺最彆扭的是什麼嗎？就是明明大家都知道那麼做才是對的，但領導們卻不這麼做，而且還設置許多障礙阻撓別人去做，我真是搞不懂他們心中究竟是怎麼想的。」

傅華說：「其實這也沒什麼複雜的，因為在領導眼中，重要的不是事情怎麼做才是對的，而是事情怎麼做才能最大程度地保障他的利益。」

「你這話說到重點上了，」胡俊森給傅華填滿了酒，說：「衝你這句話就值得我們喝上一杯啦。」

胡俊森端起酒杯碰了傅華的酒杯一下，然後一仰脖，咕嚕咕嚕將杯中酒喝了下去。

傅華看胡俊森這個樣子，也不好不喝了，忍不住說：「胡副市長，您這麼喝可是很容易喝醉的。」

胡俊森豪邁地說：「沒事，我今兒個高興，你別磨蹭了，趕緊喝吧。」

傅華只好把杯中酒給喝了。

胡俊森接著說道：「這是我想了很久才想到的道理，也是為什麼我會想要去跟姚巍山爭奪市長寶座的原因，我想的是，如果我是一把手了，會不會就不會有這些彆扭了？」

傅華不以為然地說：「如果你真的當上市長，恐怕遭遇到的彆扭會更多。官場是個極為講究規則的地方，你那樣就成了規則的破壞者了，將會遭受到那些規則制定者們不遺餘力的打擊，到時候你終究還是無法發揮你的能力。」

胡俊森笑笑說：「這種情形我也想到了，不過，我當時的想法是豁出去搏一搏，如果成功了，我就做滿一任市長的任期，然後就離開官場。」

傅華打趣說：「您這可是有點過把癮就不管的意思啊？」

「對，」胡俊森笑說：「我當時就有點這個意思。其實傅華，你想過沒有，我們這些在官場上廝混的人，終極目標應該是什麼？難道只是為了一步一步往上爬嗎？就算你能爬到最頂端又如何呢？遲早還是要退下來的。」

傅華說：「胡副市長，您這是有點鑽進牛角尖了，這就好像人這一生總是要走向死亡的，難道人活著就沒意義了嗎？我覺得對一個人來說，有意義的不是結果，而是過程，是過程充實了一個人的人生。」

胡俊森思索說：「你這話說的很有意思啊。過程是比結果有趣多了，這是不是也是你費了那麼大勁，也要去做天豐源廣場和豐源中心這兩個項目的原因呢？」

傅華聽了，笑說：「想不到胡副市長居然也這麼關注我的事啊？」

胡俊森笑笑說：「我覺得我們應該算是能夠彼此理解的朋友，關注一下朋友的事應該是再正常不過的行為吧？」

傅華說：「這倒是。誒，胡副市長，你是資本運作的高手，你對我操作這兩個項目作何看法？」

胡俊森老實地說：「我心裏著實替你捏一把冷汗啊，這個遊戲玩得好的話，你就會成為億萬富翁；玩得不好的話，可能全副身家貼進去都還不夠。坦白講，我有些不明白你為什麼甘願冒這麼大的風險。」

傅華交心地說：「我想你應該明白，就像你一樣，我也不願意做一個無能平庸的人。」

胡俊森笑說：「那我們就是有志一同了，要不要為此再乾一杯啊？」

傅華失笑說：「胡副市長，我看您今天是想灌醉我倒是真的。」

胡俊森說：「難得酒逢知己嘛，當然要多喝一點了。」

傅華磨不過情面，就又跟胡俊森喝了一杯。

這時，曉菲走了進來，對傅華說：「傅華，南哥來了，你要不要過去打聲招呼啊？」

傅華有些日子沒見到蘇南了，熙海投資開幕的時候，他給蘇南發過請帖，但是蘇南托詞有事，只派人送了禮物過去，並沒有到場。今天偶遇，這個招呼自然是要打的，不然蘇南可能會有芥蒂。

傅華就對胡俊森告罪說：「胡副市長，我一個朋友來了，我過去打聲招呼。」

胡俊森笑笑說：「你去吧，我沒事。」

傅華和曉菲一起進了蘇南的包廂，蘇南看到他，稍微愣了一下，隨即淡淡地說：「傅華，這麼巧，你也在這裏吃飯啊？」

傅華說：「是啊，南哥，我聽曉菲說您來了，就想跟您打聲招呼，也謝謝您在熙海投資開幕時送的禮物。」

蘇南很客套地說：「傅華，你太客氣了，一點小意思罷了，不用謝的。」

「應該的。」傅華也禮貌性地說。說完，傅華便不知道該說什麼好了。他跟蘇南久未見面，一時間找不到話題，於是出現了尷尬的冷場。

兩人都試圖要打破僵局，幾乎同時開口：

「南哥，最近怎麼樣？」

「傅華，你最近怎麼樣？」

兩人的話碰到一起，不得不住口，這個狀況搞得當下又出現了冷場。

曉菲在一旁不禁說道：「哎呀，真是受不了，才多大點事，居然把你們這對好朋友搞成現在這個樣子，你們是男人耶，胸襟開闊一點好不好？」

傅華和蘇南其實並沒有什麼直接衝突，蘇南疏遠他只是因為鄧子峰的緣故。鄧子峰向睢心雄靠邊後，擺出了要整治傅華的架勢，為此蘇南才不得不跟傅華劃清界限。

見曉菲這麼說，蘇南就有些不好意思，主動開口說：「傅華，曉菲說得對，這件事是我有些放不開了。今天當著曉菲的面，我跟你說聲對不起，過去的事，是我做得不夠朋友。」

傅華趕忙表態說：「南哥，你千萬別這麼說，是我讓你為難了。」

曉菲白了兩人一眼，忍不住說：「我說你們倆個有完沒完啊？看你們說話這麼生分，哪像是朋友該有的樣子？我想要看到的是你們像當初一樣毫無顧忌的把酒言歡，可不是讓你們相互道歉的。真正的朋友是無需道什麼歉的。」

蘇南難為情地說：「曉菲，你說的真對，真正的朋友是無需跟對方道歉的。誒，傅華，今天你可要陪我多喝幾杯啊，實話跟你說，這段時間我不能叫你出來陪我喝酒，可是把我憋得夠嗆了。」

「南哥，您要我陪您喝酒，隨時都可以；不過今天我可能無法陪你盡興了，我是陪海川市的一位領導來的。」傅華歉意地說。

蘇南聽了，豪爽地說：「這個好辦，如果你們領導不介意的話，我倒是可以過去湊湊熱鬧。」

傅華笑笑說：「這位領導也是位直爽的人，他肯定不會介意的。走吧，南哥，我介紹你們認識。」

傅華和蘇南、曉菲三人就一起去了胡俊森所在的包廂，傅華介紹胡俊森跟蘇南認識。

胡俊森一聽是振東集團的董事長，對能夠認識蘇南也感到很高興，馬上就邀請蘇南有機會去海川新區看看。

傅華忍不住笑說：「胡副市長，您能不能先把海川新區放一放啊？我們今天是朋友湊到一起喝酒，可不是來談工作的。」

胡俊森不好意思地說：「對，對！是我不好，我們不談工作，只喝酒。」

傅華因為和蘇南終於盡釋前嫌，重修舊好，心裏很高興，就多貪了幾杯；加上胡俊森也非鬧著跟傅華喝酒，最終散會的時候，傅華已經頗有醉意。幸好曉菲還很清醒，將胡俊森和傅華安排人送回了海川大廈。

傅華懶得回家，乾脆在海川大廈開了房間住下。進房間後，連衣服都沒脫便倒在床上睡著了。

半夜，傅華被一陣急促的手機鈴聲驚醒，迷糊中接通電話，問了聲誰啊，話筒裏傳來一個陰森森的聲音，說：「是我。」

傅華頓時感到一股徹骨的涼意，酒意馬上去了大半，因為這個聲音他再熟悉不過了，就是那個令他從心底裏恐懼的齊姓官員。

傅華稍稍平靜了一下自己的情緒，說：「你又想幹嘛？」

齊姓官員冷笑說：「傅華，你夠本事的啊，居然還真的扳倒了睢心雄。」

「那是睢心雄自作孽，怪不得我的。」傅華回道。

齊姓官員哼了聲說：「你現在是不是覺得很得意？告訴你，傅華，你先不要得意，這件事情還沒完呢，睢心雄這筆賬我一定會跟你算的。」

傅華忿忿地說：「聽到你聲音的那一刻起，我就知道這件事情還沒完，你要跟我算睢心雄的賬是吧，我還想跟你算你綁架我妻子和兒子的賬呢。」

「傅華，想不到你還挺硬氣的啊，你是不是忘了你在跟誰對抗？要知道我可是隨時都能結果你的性命。」齊姓官員威脅說。

傅華這時候已經沒有那麼恐懼了，冷靜地說：「你不用提醒我，我知道你是什麼樣的人物，你可以隨時取走我的性命不假，但這不代表我就會怕你。」

齊姓官員嘲笑說：「傅華，你這是不是走夜路唱歌，自己給自己壯膽啊？」

傅華回嘴道：「是不是，你來試一下不就知道了嗎？姓齊的，來吧，我等著你就是了。」

齊姓官員用陰冷的聲音說：「傅華，你別這麼急啊，你這麼說引起我的興趣來了。我不會一下就弄死你的，就這麼弄死你，太沒意思了，我要陪你好好玩上一把，毀掉你擁有的一切，到那時候再來弄死你。」

姓齊的此刻就像是獵人玩弄到手的獵物一樣，拿他的恐懼當做樂趣。

傅華毫不畏懼地說：「姓齊的，你別後悔，現在你不弄死我，你就再也沒機會弄死我了，因為，我一定會搶在前面先弄死你的。」

姓齊的故作害怕地說：「哎喲，我好怕啊，我倒要看看你有沒有這個能力了。」

傅華氣憤地說：「放心好了，我一定不會讓你失望的。」

姓齊的笑說：「你來吧，我等著你。」說完就掛了電話。

傅華聽到手機裏傳出來的嘟嘟聲，心裏一陣發愣，好半天才把手機收起來。他很清楚這次他要面對的是一個相當危險可怕的對手，搞不好會把身家性命都交代在這個人的手中。

其實傅華一直不想跟這個姓齊的正面對上，他擁有的資源根本就無法跟姓齊的相抗衡，單單從姓齊的是秘密部門高官這一點，就已經讓傅華對他有老虎吃天無處下口的感覺；但是，該來的總是會來，從喬玉甄開始，這個姓齊的就跟冤魂一樣纏上了他，甩也甩不掉。

大概這就是所謂的上輩子的冤家，不死不休，他們兩人中不倒下一個，是永遠解不開糾纏的。

第二天，傅華先將胡俊森送走，然後回到海川大廈，便撥通了羅茜男的電話，說：「羅茜男，你來海川大廈，我們見個面吧。」

「你又有什麼事要跟我見面啊？」羅茜男問。

傅華沒有解釋原因，只說：「叫你來肯定是有原因的，你趕緊過來，我在辦公室了。」

傅華掛了電話，走到窗前，神情嚴肅的看向窗外。

昨晚他接到姓齊的電話後，就再也睡不著了。面對這樣一個危險的人物，說不怕是假的，在睡不著的時間裏，他認真思索著要怎麼對付這個棘手的敵人。

以前用來對付其他對手的招數，對這個姓齊的傢伙似乎都不管用。秘密部門是被單獨管理的，一般情況下，外人根本無法插手，因此，就算是楊志欣那個層級的高官都沒辦法對付他，他又有什麼招數來對付姓齊的呢？

然而姓齊的卻可以採取很多手段對付他以及他身邊的人，包括監聽、嚴密監控等手段，因此姓齊的對他的情形掌握得一清二楚。

在這種生死博奕中，讓對手全面掌握自己的情形，這可是兵家大忌，如果不想辦法扭轉這種劣勢，那他無論採取什麼行動，都一定必敗無疑，因為對手已經掌握了先機，知道他將要採取的行動了。

他很擔心羅茜男和他的通話也在姓齊的監控之中，因此儘量避免在電話裏講太過敏感的東西。所以才要約羅茜男見面，讓羅茜男明白他們現在面臨的處境。

半個小時後，傅華就看到羅茜男的車到了海川大廈門口，就打電話給羅茜男，讓她在車裏等他。

傅華上了車，羅茜男忍不住問道：「什麼事啊？這麼神神秘秘的。」

傅華笑了一下，說：「開車吧，我想跟你單獨出去放鬆一下。」

羅茜男愣了一下，傅華很少用這種輕鬆調笑的口吻跟她說話，她越發覺得傅華今天有點反常，不禁看著傅華，說：「誒，你沒吃錯藥吧？我怎麼覺得你今天好像怪怪的。」

傅華說：「羅茜男，你不覺得我們既然簽了合作協議，應該更親近一些嗎？」

羅茜男嗤了聲說：「我可不覺得，我看是你皮又在緊了，需要我幫你鬆一下了吧？」

傅華開玩笑說：「你想幫我放鬆也行，只是別在這裏，開車吧。」

羅茜男大感疑惑，搞不清楚傅華葫蘆裏賣的是什麼藥，不過，她知道傅華不是那種風流的男人，不會幹出那種把她約出去調戲的事，便順從地發動車子，離開了海川大廈。

羅茜男邊開著車，納悶地問道：「我們要去哪兒啊？」

傅華賣著關子說：「你就隨便開吧，到地方我會告訴你的。」

羅茜男狐疑地說：「你究竟想幹嘛啊，連去哪兒都不說清楚？」

傅華笑笑說：「這樣子才會有驚喜啊。」

羅茜男白了傅華一眼，說：「希望你真有什麼能讓我驚喜的事，否則，我會用拳頭讓你的肚子好好驚喜一下的。」

傅華抱怨說：「羅茜男，你能不能別動不動就要打要殺的啊，你好歹也是豪天集團的總經理，要有個總經理的樣子吧？」

羅茜男笑了一下，說：「那要看對誰，對你這樣的傢伙，拳頭可能更有效一些。」

說話間，羅茜男的車開到了朝陽公園，傅華說：「停車吧，我們去逛逛。」

羅茜男越發覺得糊塗，看著傅華說：「你不會告訴我，你的驚喜就是要跟我逛公園吧？」

傅華說：「你別那麼緊張，公園是公眾場所，我肯定不會對你怎麼樣的；你就陪我去逛一下，然後我就會告訴你，我為什麼約你出來了。」

羅茜男語帶威脅說：「你是知道騙我的後果的。」

傅華說：「好了，你趕緊停車吧。」

羅茜男停好車，傅華也買好了門票，兩人就走進朝陽公園。

朝陽公園是一處以園林綠化為主的綜合性、多功能的大型文化休憩、娛樂公園，園區內有開闊的綠地，浩淼的湖泊，在北京這個繁華的大都市裡，算是難得的美景。

在公園的蓮花湖邊，傅華找了個四周開闊的地方坐了下來，他特別注意看了看左右四周，沒有什麼人在注意他和羅茜男。

羅茜男在傅華一旁坐下來，然後衝著傅華亮了一下拳頭，說：「傅華，你趕緊說！約我來這裏是想幹什麼，要不然我的拳頭可是不會對你客氣的。」

傅華忍不住說：「羅茜男，對著這麼好的美景，你就不能先欣賞一下啊，偏要說這種煞風景的話。」

羅茜男哼了聲說：「我要欣賞也不會跟你一起欣賞，你還是趕緊說找我來幹什麼吧，我的耐性可是已經快用完了。」

傅華看了一眼羅茜男，說：「放心，我會跟你說的，不過，你先告訴我一下，你跟雎才燾之間究竟算是什麼樣的關係？」

羅茜男大感奇怪地說：「你問這個幹什麼？」

傅華說：「我問這個自然有我的原因，你要想好了再回答，否則很可能會害人害己。」

傅華心知姓齊的那傢伙要來對付他的話，絕對不會僅僅對他一個人下手，肯定也不會放過想羅茜男的，因此他必須先搞清楚羅茜男對她和雎才燾的關係究竟是怎麼打算的，然後才好採取應對措施。

羅茜男想了一下，說：「這麼說吧，從他跟李廣武勾結想要陷害我的那一刻起，我跟他之間就是仇人了，現在我之所以還跟他維持著表面上的友好關係，完全是因為錢的關係，我擔心他在這時候抽資的話，會影響到我們這個項目的發展，所以不得不對他虛與委蛇，等項目上了軌道，我就會想辦法跟他了斷的。」

傅華追問：「那你和他有沒有可能重修舊好，再度成為情人呢？」

羅茜男搖搖頭說：「我跟他本來就沒有真正的好過，更無從談起什麼重修舊好了。」

傅華聽了說：「我勸你還是慎重的考慮一下，是不是不論發生任何情況，你都會堅持這個立場不變呢？」

羅茜男很堅決地說：「肯定不會，我羅茜男可不是個沒有底線的人，我是絕對不會跟這種把自己女朋友送上別人床的男人好的。」

傅華又問：「那如果說睢才燾現在有一個強大的幫手出現了呢？這個幫手的強大完全超出你的想像。」

「那也不行，」羅茜男說道：「你以為我是被嚇大的嗎?!我明白了，你今天這麼神秘，就是因為這個所謂的強大幫手吧？」

「對，」傅華點點頭，說：「就是因為他。昨晚半夜，這個傢伙打電話來。」

羅茜男狐疑地說：「看你這個緊張的樣子，是不是他對你做了什麼啊？」

傅華嘆說：「他跟我算是老冤家了，我們之前交過手，我曾經領教過他的手段，而且他身在秘密部門，位階還很高，是一位高官。對這樣一個對手，光是想想，我都有些頭大。」

「秘密部門？」羅茜男訝異地說：「什麼秘密部門把你嚇成這個樣子？你是不是有點小題大做了啊？」

傅華面色嚴肅地說：「我一點都沒有小題大做，相反，我還覺得沒能跟你形容出這個人的可怕，你明白我的意思嗎？」

羅茜男不以為然地說：「我明白了。不過你也不必嚇成這個樣子吧，秘密部門怎麼樣，真是惹到我頭上了，我找人一刀結果了他。」

傅華不禁搖頭說：「他哪有那麼好對付啊？特別是他有權力能夠對你我採取監控措施，所以我要特別提醒你，今後一些重要事情千萬不要在電話上談論，否則很可能會被他監聽去的。」

羅茜男被傅華說得也有些緊張了起來，立即點了一下頭，說：「我知道了，我會注意的。誒，傅華，你打算怎麼對付這個人呢？」

傅華無奈地說：「我還沒想到要怎麼去對付他。」

羅茜男叫說：「我真是服了你，人家都找上門來了，你卻連怎麼對付他都沒想好?!我覺得，這件事最好先從查出這傢伙的底開始，既然你跟他交過手，應該已經摸過他的底吧？」

「沒有，這傢伙太可怕了，我原來是想儘量避開他的，所以也沒敢去查他的底細。」傅華心有餘悸地說。

羅茜男譏笑說：「你膽子也太小了吧。那你告訴我，你知道他一些什麼情況，我想辦法查一下他，知己知彼我們才不會輸。」

第四章

見招拆招

傅華束手無策地說：「齊隆寶對我的情況一清二楚，
他肯定會對劉爺有所防備的，我如果把他拖進來，
不但沒辦法制住齊隆寶，反而會害了劉爺。
眼下我們只能走一步看一步，見招拆招了。」

對羅茜男絲毫不畏懼的強勢作風，傅華感到十分佩服，這個女人並沒有被嚇住，反而立刻想到要怎麼還擊，也許他這次跟羅茜男合作真是對的，起碼在對付姓齊的這傢伙方面，羅茜男是個好幫手。

傅華苦著臉說：「我並沒有太多關於這個人的情報，只知道他姓齊。」

「姓齊的人多著呢，」羅茜男叫說：「這麼含糊我知道是哪一個啊？你得告訴我他的名字，我才知道怎麼去找他啊。」

「他的名字嗎？」傅華思索了一下說：「你讓我想想，好像叫齊隆寶，不過我也不清楚這個名字是不是真的。」

傅華之所以會知道他的名字，是得益於那次萬博從姓齊的槍口下解救他的經歷。當時姓齊的為了脫身，向萬博出示了他的工作證，因此萬博才知道他的名字。

「齊隆寶，」羅茜男取笑說：「這個名字好俗氣啊。行了，不管是不是真的，我會想辦法去查一下他的底細的。」

傅華警告羅茜男說：「你查他底細的時候最好要小心點，別讓他發覺了。」

羅茜男嗤了聲說：「不讓他發覺他就不會來對付我們了嗎？我相信他肯

定已經把我列入要對付的人當中了，所以即使被他察覺了也無所謂，反正他也不會放過我的。」

傅華仍是警戒地說：「話不能這麼說，你不去驚動他，至少他不會對你有太大的戒心，也不會急於對你採取什麼攻擊行動的。」

羅茜男點了一下頭，說：「你說的也有道理，我儘量注意不去驚動他好了。誒，傅華，他昨晚打電話給你，都說了些什麼啊？」

傅華就把昨晚齊隆寶講的話重複了一遍給羅茜男聽，然後說：「這傢伙想跟我玩貓捉老鼠的遊戲，想看到我對他的恐懼。」

羅茜男卻持不同看法：「不是這麼簡單，我覺得他之所以不動你，恐怕是衝著你手中的那兩個項目吧。」

「衝著我手中的項目？」傅華不解地說：「為什麼啊？」

羅茜男分析說：「現在這兩個項目什麼都還沒有，如果這時候搞掉你，恐怕這兩個項目也就完蛋了；他是想讓你把這兩個項目做出點基礎來，然後才好讓睢才燾接手這兩個項目。」

傅華呆了一下，羅茜男的分析提醒了他，齊隆寶和睢才燾也許真是把主意打到這兩個項目上。他們是想等他把項目推上了軌道，然後再來下山摘桃子的。

這給他出了一個難題了。原本傅華覺得項目只要上了軌道，別人再想做什麼文章，就不那麼容易了，因而想儘快的把項目推上軌道。但現在看來，這麼做反而可能會加快齊隆寶除掉他的步伐。

傅華不禁罵了句粗口，說：「哼！姓齊的混蛋倒是打得好個如意算盤啊。」

羅茜男說：「那你現在想怎麼辦呢？」

傅華嘆了口氣說：「說實話，我現在一點能夠制約他們的手段都沒有，這傢伙是秘密部門的高官，我能動用的官方力量對他毫無辦法。」

羅茜男想了想說：「那劉爺呢？劉爺就沒什麼辦法對付他嗎？」

傅華搖搖頭，他不想把劉康拖入戰局，劉康身上有很多見不得光的事，齊隆寶隨便一個動作，就能讓劉康陷入萬劫不復的境地，劉康已經是退隱狀態了，傅華不想再讓自己的事情拖累他。

傅華束手無策地說：「齊隆寶對我的情況一清二楚，他肯定會對劉爺有所防備的，我如果把他拖進來，不但沒辦法制住齊隆寶，反而會害了劉爺。眼下我們只能走一步看一步，見招拆招了。」

羅茜男恨恨地說：「不行，這傢伙的存在對我們的威脅太大了，我一定要想辦法查出他的底細，必要的時候，先想辦法除掉他。」

這一次傅華罕見的沒有阻止羅茜男，說什麼要她不要使用暴力的話，因為他知道，除了羅茜男所說的這個辦法之外，他真是想不到還有什麼其他的辦法能夠對付這個齊隆寶。

何況齊隆寶對他使的都是粗暴致命的行為，那一次要不是萬博及時趕到，傅華可能早就命喪齊隆寶的槍口之下了。加上齊隆寶隨時都可能危及到他周邊的親友安全，這個人一天不除掉，他一天不能安心。

雖然他不喜歡以暴制暴，但在非常的時候，這也是不得不採取的一種手段，尤其是對付齊隆寶這種凶狠殘暴的人。傅華慢慢的明白，這世界上，本就是沒有什麼可以或不可以的事，只看是不是必要而已。

傅華提醒羅茜男說：「齊隆寶是個凶殘狡猾的人，所以不管你採取什麼措施，都要小心謹慎，安全第一，千萬不要跟他硬碰硬，實在不行的話，這兩個項目讓給他們算了。」

羅茜男態度堅決地說：「你肯讓我還不肯讓呢，如果讓的話，我和我爸爸就可能要失去豪天集團了。對你來說，熙海投資和這兩個項目只是額外得到的獎賞，失去它們，你並不會喪失根本；但是對我和我爸爸來說，豪天集團是我們一手建立的，是拿血汗換來的，失去它，我們就失去了一切，所以我絕對不可能向睢才燾和齊隆寶低頭的。」

傅華明白了羅茜男破釜沈舟的決心，便點點頭說：「既然你說不讓，那我也就絕對不會讓的，我一定會跟你一起和他們對抗到底。」

「你確定？」羅茜男看了傅華一眼，說。

「我確定，既然我們現在在同一條船上，就應該同舟共濟。」傅華滿懷熱血地向羅茜男伸出手來，「來，就讓我們攜手並肩，同心一致，把齊隆寶和睢才燾這兩個混蛋給消滅掉。」

「同心一致是肯定要的，」羅茜男卻把傅華伸過來的手拍開了，說：「手就沒必要握了，你其實也不是什麼好東西，我可不想讓你趁機揩我的油。」

跟羅茜男分手後，傅華就回到駐京辦，看看是吃午飯的時間，傅華便直接去餐廳吃了飯，然後才回到辦公室。剛在辦公室坐下來，便有一份給他的快遞送了過來。

傅華拆開一看，不禁愣住了，信封裏裝的是幾張很清晰的照片，照片拍的正是他和羅茜男坐在朝陽公園蓮花湖畔的情景。

傅華心想，他還特別注意了一下四周，覺得沒什麼可疑才坐了下來，想不到竟然還是有人在監視著他們。

這齊隆寶還真是無所不在，傅華有一種後背涼颼颼的感覺，齊隆寶在這麼短的時間內寄來這幾張照片，就是警告他，他的一舉一動都在他的掌握之中，無論如何他都逃不開他的眼睛。

傅華不禁陷入沉思，他該怎麼辦？怎麼樣才能逃開齊隆寶的窺伺呢？然而轉念一想，齊隆寶就是想讓他活在這種時時恐懼的氛圍中，讓他惶惶不已；如果他因此害怕，那就完全掉進齊隆寶的陷阱裏了。

傅華意識到他必須要反其道而行，既然逃不掉，乾脆該做什麼就做什麼，不要去在乎身後盯著他的那雙眼睛。他就把照片扔進抽屜，然後打給蘇南。

「傅華，你找我有事啊？」昨晚兩人終於和好如初，蘇南很熱情地問。

「我需要南哥幫我一個忙。」傅華也不客套。

蘇南笑說：「你要我幫什麼忙啊？」

傅華說：「電話裏說不方便，您有時間嗎，我們見面談。」

「你等一下，我看看行程安排，嗯，下午三點到四點我有一個小時的空檔，你能過來嗎？」蘇南問。

「行，三點鐘我過去找您。」

三點整，傅華準時到了蘇南的辦公室，蘇南開口說：「你找我，不會是為了那兩個項目吧？」

傅華說：「南哥也知道那兩個項目啊？」

蘇南笑笑說：「那是北京最有名的爛尾項目，前段時間又發生了麗發世紀競拍土地，最後卻退出的事，話題性十足，很多人都在關注它呢，我又怎麼會不知道呢？傅華，南哥很佩服你啊，你現在的局面真是越搞越大了。」

傅華不好意思地說：「南哥，您這不是寒磣我嗎？就是兩個項目而已，再大也沒振東集團大吧？」

蘇南笑說：「那是兩碼事。實話說，這兩個項目雖然很多人眼紅，但也都知道這裏面麻煩很大，所以很少有人敢接手的，你敢接下來，實在是很有勇氣。」

傅華說：「南哥，其實我是被趕鴨子上架的，您說得對，這裏面的麻煩實在是很大，所以我就跑來跟您求救了。」

蘇南愣了一下，說：「跟我求救？傅華，你可要搞清楚，振東集團現在是沒有能力插手這兩個項目的。」

傅華笑笑說：「您別害怕，我沒打振東集團的主意。我是想問您，您在北京人脈廣，認不認識那種實力雄厚的建築集團的老總？」

蘇南狐疑地說：「認識倒是認識，不過，我可沒有能夠命令他們做什麼事情的能力。傅華，你想找他們幹嘛？」

傅華說：「我手中沒有足夠的資金開發這兩個項目，因此想找一家建築集團幫我全額墊資開發那兩個項目，您認識的這些老總當中，有沒有具備這個實力的？」

「全額墊資啊，這個數目可是有點大，」蘇南想了一下，說：「不過，倒是有兩家具備這個實力就是了。」

傅華立即拜託蘇南，說：「那南哥，您能不能幫我引薦一下，我想跟他們談一談，看看能不能跟他們合作。」

蘇南眉頭皺了一下，說：「傅華，不是我不願意幫你這個忙，實在是這件事有點難度，這兩家公司都是中字頭的國有大型集團，老總的級別都是副部長級，不是你想見就能見的，更無法說讓他們幫你墊資開發了；就連我想要讓他們這麼做，也需要費上一點勁才行。」

傅華知道這些中字頭國企，是比照行政機關的制度來管理，裏面的幹部就相等於政府官員，有時候還可以和政府的人員交流任職。正如同蘇南說的，他們的老總都是副部長級別的幹部，想跟他們見面確實是很不容易。

然而，傅華仍不死心，央求說：「南哥，您能不能幫我一下，我不求他們一定會幫我的忙，只要能夠讓我跟他們見上面，剩下的事情我自己來處理好了。」

蘇南稍微沉吟了一下，說：「傅華，這個我也不敢跟你打包票，我要看機會才能安排。這樣吧，你等我電話，中衡建工的老總倪氏傑跟我說這幾天要找個地方好好玩一下，等他定了時間和地方之後，我帶你過去見見他。」

傅華感激地說：「那我先謝謝南哥了。」

蘇南揮揮手說：「跟我就不用這麼客氣了，我也很想看到你有所作為啊。誒，傅華，你知道嗎，鄧叔要來北京工作了。」

傅華對此並不意外，這次的全代會上，鄧子峰並沒有當選中央委員，一般都認為這是高層要撤換鄧子峰東海省省長的前奏，現在蘇南說鄧子峰要來北京，正印證了這一點。

傅華說：「我沒聽說這個消息，南哥，鄧叔要來擔任什麼職務啊？」

蘇南嘆了口氣說：「司法部部長。」

不同於西方，在中國，司法部是一個相對邊緣的部委。西方的司法部權力極大，可以管轄涉及到法律的部門，中國的司法部則沒有那麼大的權力，能管轄的只有律師司法所以及監獄這些相對邊緣化的部門。

所以司法部部長跟東海省省長雖然同是省部級幹部，但是一個是不太重要的部委，一個是財富大省的行政主官，權力相差很大。鄧子峰這次轉任司法部部長，等於是一種貶黜。

傅華對此不好做什麼表態，他現在跟鄧子峰的關係很微妙，說好和不好都不合適，因此只是哦了一聲。

蘇南看了傅華一眼，說：「傅華，當初鄧叔那麼對你，你恨鄧叔嗎？」

傅華搖搖頭，說：「我恨他幹什麼，我很明白鄧叔那麼做的原因，我能理解我跟他只是彼此的立場不同而已，談不上什麼恨不恨的。」

蘇南又說：「那如果鄧叔到北京，你見不見他啊？」

傅華由衷地說：「我很願意見鄧叔，只是不知道鄧叔願不願意見我呢？」

蘇南趕忙說：「他也想見你。我把昨天晚上跟你喝酒的事跟他講了，回想起以前跟你在曉菲的四合院高談闊論的情形，他頗感不勝唏噓。他心中對你其實是有些歉疚的，就讓我試探著問你，到時候他來北京，你願不願意再跟他見面。」

傅華大方地說：「鄧叔實在太在意當初的那點小摩擦了，其實我們也沒有發生什麼事啊。這樣吧，南哥，您跟鄧叔說，等他到北京之後，我請他吃飯，給他接風。」

傅華跟鄧子峰之間除了因為睢心雄而起的那一點矛盾之外，其他都相處的很融洽，他對鄧子峰並沒有什麼打不開的心結。

蘇南高興地說：「行啊，這話我幫你轉告鄧叔，我想他聽到了一定很高興的。」

兩天後的週末，傅華接到蘇南的電話，說是倪氏傑約他去郊區的楓葉山莊玩，讓傅華把要跟倪氏傑談的東西準備好，他到時候帶傅華一起去。

傅華就趕忙準備好相關的資料，下午三點鐘，蘇南帶著傅華來到了楓葉山莊。楓葉山莊是一處靠山而建的休閒度假酒店，因這裏漫山都種著楓樹，秋天楓紅遍佈而得名。

蘇南和傅華到的時候，倪氏傑已經到了，正跟兩個老闆模樣的人在房間裏打撲克牌。

倪氏傑五十多歲，頭髮已經有些斑白，不過因為保養得很好的緣故，皮膚倒是十分的紅潤，看上去給人幾分鶴髮童顏的感覺。

他看到蘇南和傅華，笑了一下說：「蘇南，你遲到了，我們沒等你就先開始玩了。誒，你帶了一個朋友來啊？」

蘇南笑笑說：「是的，倪董，我來給您介紹，這是我一位很好的朋友，熙海投資的董事長傅華。」

「熙海投資？」倪氏傑抬起頭來看了一眼傅華，說：「是那家讓麗發世紀的衛一鳴和李廣武栽了大跟頭的那家熙海投資嗎？」

傅華趕忙接口說：「倪董可能是有點誤會了，熙海投資是跟麗發世紀和李副市長有過一些商業上的糾葛，但是麗發世紀的總經理衛一鳴和李副市長的出事卻與我們沒有什麼關聯。」

倪氏傑說：「想不到你這麼年輕有為啊。真是長江後浪推前浪，現在是你們年輕人的天下了。」

蘇南說：「倪董，話可不能這麼說，年輕人沒什麼經驗，這世界還是需要像您這樣經驗豐富的前輩掌舵的。」

傅華也附和說：「是啊，倪董，我今天來就是專程來想向您請益的。」

倪氏傑笑說：「年輕人，話說得這麼好聽，不會是想來請我辦什麼事的吧？」

傅華老實地說：「倒真是有些事想跟倪董您商量一下，這是天豐源廣場和豐源中心兩個項目的資料，我想跟您談談熙海投資和中衡建工能不能在這兩個項目上合作的事。」

「合作？」倪氏傑大笑了起來，說：「蘇南啊，你帶來的這位朋友可真夠幽默的，居然要跟我談合作？」

傅華聽出來倪氏傑說話的語氣有些不屑，便知道倪氏傑雖然表面上說他年輕有為，但骨子裏卻根本就瞧不起他。

傅華就有點急了，趕忙說道：「倪董，請您先不要急著下判斷，先看看我的合作方案，我這個方案是對我們雙方都有利的。」

誰知倪氏傑搖搖頭，一把將傅華遞過去的資料接了過去後，順手就扔進了廢紙簍裏去了。

傅華看倪氏傑對他這麼無禮，不由得惱火起來，不滿地對倪氏傑說：「倪董，您雖然是前輩，但是也不可以這麼不尊重人吧？」

「我為什麼不可以啊？」倪氏傑傲慢地說：「年輕人，不要以為你整倒了衛一鳴和李廣武，這世界上的人好像都要高看你一眼一樣。我教你學學乖吧，首先第一點，你那個熙海投資是什麼公司，中衡建工又是什麼公司啊，如果像你這樣不入流的公司提出要跟我合作，我都要配合的話，那我每天就不用幹別的了，光跟這樣的公司合作我就應接不暇了。」

傅華被說得有點無言以對，他不得不承認倪氏傑的精明，這傢伙一眼就看透了他的本質，知道熙海投資根本是沒資格跟中衡建工談什麼合作的。

倪氏傑繼續說道：「第二點，今天是週末，我約朋友出來是放鬆玩耍的，我好不容易有這麼一個休息的時間，你卻掃興的拿這個破方案來跟我談什麼合作，你不尊重我在先，我為什麼還要尊重你啊？」

傅華這時才意識到他過於急切地想要跟中衡建工達成合作，以至於忽略了倪氏傑的感受，在這一點上，倪氏傑指責的很對，他的確是做錯了。

倪氏傑說到這裏，看了蘇南一眼，說：「蘇南，你到底是來玩的，還是來幫你朋友說項的啊？」

蘇南也不敢開罪倪氏傑，趕忙緩頰說：「我當然是來玩的，不過傅華說要來認識一下倪董，我就帶他來了。」

倪氏傑表情冷淡地說：「好，我們現在已經認識過了，是不是就可以開始玩了？」

蘇南陷入兩難地看著傅華。

傅華知道他必須馬上做出是立刻離開還是留下來的決定。如果他馬上走人的話，就不可能再跟倪氏傑談合作了；而且他和蘇南是同車來的，他要走，蘇南也得跟著走，那樣會害蘇南和倪氏傑的關係也變得尷尬起來。

傅華想了想，決定忍一口氣留下來，笑笑說：「倪董，介意我一起玩嗎？」

倪氏傑沒想到他那樣子對待傅華，傅華居然還會留下來，便問：「你會玩嗎？」

倪氏傑幾人玩的撲克牌遊戲是一種簡化的梭哈玩法，各門花色的牌只取八、九、十、J、Q、K、A，一樣有黑桃、紅心、梅花、方塊四種花色，一共廿八張牌。規則基本上跟梭哈一樣，於是說：「我多少知道一點玩法。」

倪氏傑倒是沒有拒絕，說：「既然這樣，那就坐下來玩吧。」

五個人重新分座次坐了下來，另外兩人，一個叫張毅輝，一個叫李運廷，都是什麼公司的董事長，傅華雖然沒聽說過那些公司的名字，但他們能夠有資格跟倪氏傑坐在一起玩，公司想來也應該是實力不俗了。

頭幾把牌，傅華跟到第二張的時候就棄牌了，一來他的牌面都不大，跟下去沒意思；二來，今天玩的這些人，除了蘇南之外，他都不熟，不知道對方是什麼樣的個性。

玩牌想贏，除了運氣要好之外，要瞭解對手的脾性也很重要。不過即使是這樣，傅華也輸了幾十萬出去了，因為這幫人玩的很大，底注是十萬，每次跟注也是十萬。

倪氏傑看傅華幾把都選擇棄牌，譏刺說：「傅董玩牌很謹慎啊。」

傅華笑笑說：「沒有好牌，我就不做無謂的犧牲了。」

又放棄了幾把，傅華終於拿到一對A，總算可以玩一玩了，於是他這次沒有棄牌，而是扔了一個十萬的籌碼下去。

蘇南在一旁說：「你這把肯玩，說明你的牌面很大，哎，我的牌面不

行，這把就不陪你啦。」

蘇南棄牌，李運廷也跟著棄了牌，張毅輝則是選擇跟注。在前幾把當中，傅華特別留意觀察過這個張毅輝玩牌的手法，發現這傢伙不管有沒有大牌都會跟進。

倪氏傑看了看傅華，說：「傅董好不容易才玩一把，那我就湊湊趣好了，我跟十萬，再大你十萬。」

傅華看倪氏傑桌面上的牌僅僅是一張十，稍微愣了一下，倪氏傑的這個牌面並不大，頂多是一對十而已，他跟十萬並不令人意外，但是再加十萬就沒必要了。這個倪氏傑不是玩五張牌的新手，他這麼做明顯是有意而為之的。

傅華從倪氏傑的眼神中看到了一絲蔑視，明白倪氏傑加這十萬是在表達他對自己的輕蔑。傅華心中有些惱火，但是他告訴自己這時候千萬不能生氣，玩牌最需要的是冷靜，如果因為被激怒，導致心浮氣躁，接下來就會失去對牌局準確的判斷了。

傅華就說：「倪董興致這麼高，我不陪您也不好意思，跟了。」說著，就扔了十萬籌碼下去，張毅輝也跟了十萬。

第三張牌發了下來，傅華拿到的是一張Q，倪氏傑拿到的是一張十，這樣桌面上就是倪氏傑一對十最大了。

倪氏傑得意地說：「看來是被我等到了，我也懶得十萬十萬的下啦，乾脆直接就下注一百萬好了。」就扔了一個百萬的籌碼下去，然後看著張毅輝和傅華，等兩人做出下注與否的決定。

張毅輝想了想說：「倪董下這麼大的注，看來很可能是三條十了，這我可比不過，我不跟了。」

張毅輝決定棄牌。倪氏傑的眼睛轉到了傅華身上，詢問說：「傅董呢，跟還是不跟啊？」

傅華有些為難，如果倪氏傑真是三條十，他一對A顯然比不過倪氏傑，應該棄牌才對；但如果倪氏傑是虛張聲勢，那他這對A放棄就太可惜了。

傅華看了倪氏傑一眼，想從倪氏傑臉上的表情看出他究竟是真有三條十，還是虛張聲勢，但是他馬上就失望了，倪氏傑臉色如常，絲毫看不出任何情緒的樣子。

想想也是，對倪氏傑這種掌控著龐大資產的人來說，一百萬實在算不上什麼大錢，他根本就不會因此興奮或者緊張，傅華只好靠自己判斷究竟是跟還是不跟。

傅華思索著策略，他的決定不僅影響到牌局輸贏，還要考慮到倪氏傑對他所做所為的感受。如果他的行為正迎合倪氏傑的想法，倪氏傑很可能會改變對他的看法，說不定就會給他機會談合作事宜。

而要判斷倪氏傑對他行為的感受，就要看倪氏傑是那種不能輸的人，還是不願意接受別人讓他的人？傅華決定試試倪氏傑再說。

「我不信倪董已經拿到了三條十，你這是想嚇退我，呵呵，沒那麼容易，我跟了。」傅華說完，也扔了個一百萬的籌碼下去。

倪氏傑的眼神亮了一下，說：「這局牌總算是有意思了。」

從這一點上看，傅華覺得倪氏傑應該是個賭性很大的人，這種人如果讓他的話，他反而會感覺到無趣；唯有讓他贏得心服口服，他才會真心的佩服你，也才會有興趣跟你交往。

這時，第四張牌發了下來，傅華拿到一張十，倪氏傑則是拿到一張A。倪氏傑的牌面大，由他說話。

倪氏傑很得意地說：「傅董啊，我拿到了你的A，看來你想湊成三條A的可能性不大了，我還是下注一百萬，你要不要跟啊？」

倪氏傑並沒有繼續加大籌碼，只是跟上回下注一樣，再下了一百萬，傅華的判斷是：要麼倪氏傑手中真的有三條十，怕下注太大驚走了他，所以才下注一百萬，誘騙他繼續跟下去；要麼倪氏傑手中並沒有拿到三條十，僅僅有一對十，底氣不足，所以才會只下了一百萬。

傅華微一思忖，決定跟下去，他這倒不是有贏倪氏傑的把握，而是因為既然倪氏傑賭性很大，他跟下去，正好投合倪氏傑的想法。

傅華不動聲色地說：「我已經跟到這一步了，沒理由放棄，我就捨命陪君子，跟倪董一百萬好了。」

傅華先扔下去一百萬的籌碼，然後又拿起一百萬的籌碼，放在手中掂量著，笑說：「老這麼玩下去似乎有點不夠勁，我再……」

傅華做出似乎是想再加注一百萬的架勢，但實際上，他這是在試探倪氏傑的反應，他在說話的時候，一直在偷眼打量著倪氏傑，想看看倪氏傑神情上會不會有什麼變化。

果然，倪氏傑上當了，在傅華拿著一百萬籌碼似下不下的時候，他眼中閃過了一絲對手掉入他陷阱的得意。這絲得意雖然是一閃即逝，卻已經看在傅華的眼中。

傅華暗自好笑，心說倪氏傑這隻老狐狸還是沒修煉夠道行，在關鍵時候露出了破綻，此刻傅華基本上已經確定倪氏傑手中是拿到三條十了。

傅華就宣布說：「本來我是想加注的，但倪董是前輩，初次交手，我還是禮讓一點好，這次就算了。」

第五張牌發了下來，看到自己拿到的牌，傅華不由得暗自竊喜，心說倪氏傑今天遇到自己可真夠倒楣的，這一把他算是輸定了。

原來最後一張牌，傅華居然拿到了一張A，這樣他手中已經有三條A，對倪氏傑手中的三條十，算是穩贏的牌面。

而且這時候傅華就算是想讓牌也沒辦法，他如果在這時候棄牌的話，其他人就會看出來他是在讓牌，那樣恐怕會讓倪氏傑更下不來台。

傅華說：「倪董，我的運氣看來不錯啊，我又拿到了一張A，好吧，就為了這張A，我下注一百萬好了。」

這時候，傅華覺得倪氏傑應該猜到他拿到了三條A，所以無論他下多少籌碼，倪氏傑應該都不會跟的。

果然，倪氏傑棄牌了，兩手一攤說：「傅董這把牌運氣還真是不錯。」

傅華聽出倪氏傑語氣中有些不服氣，似乎他是輸在運氣，而非輸在技術上。這一點傅華也承認，這一局在傅華拿到最後一張A之前，倪氏傑的招數都很成功，要不是傅華在最後翻了盤，這一局的輸家就應該是傅華了。

傅華也願意讓倪氏傑認為他只是運氣好一點而已，這會讓倪氏傑在心理上輕視他而犯下大錯，因此傅華只是笑了笑，沒說什麼。

第五章

腦力遊戲

玩梭哈實際上一種高度運用腦力的遊戲，
不但要觀察對手，還要計算對手可能拿到什麼樣的牌，
因此剛從楓葉山莊回來的傅華很是疲憊，就對馮葵說：
「你慢慢弄，我去休息一會兒。」
傅華就去臥室，沒想到竟然就睡著了。

接下來幾把都沒什麼大牌，不過傅華還是小有斬獲，因為他贏了倪氏傑兩百萬，玩得也就放開了一些，可下可不下的牌他都會下注；張毅輝和李運廷他們也都沒拿到什麼大牌，又都認為傅華很謹慎，一看傅華下注，就以為他拿到了大牌，自動就選擇了棄牌。

傅華巧妙地利用這種優勢，甚至還用一張A嚇走了張毅輝的一對十，讓他又小贏了一些。

不過，這種沒有大牌的局面讓在場的人都感到很無趣，就有些提不起勁頭來。傅華也覺得今天他是無法引起倪氏傑對他的注意了，心中就打算再玩幾把之後，就跟蘇南一起離開楓葉山莊。

然而就在這時候，大牌來了。

在發到第二張牌的時候，其他四家都跟注了，傅華判斷他們最少是拿到了一對。傅華則是拿到方塊J、Q，這個牌面是可以賭拿到同花的。傅華現在算是桌面上的贏家，手風正順，就跟注了。

這一局牌發到第四張的時候，蘇南和李運廷已經退出戰局，只剩下傅華、張毅輝和倪氏傑三個人在繼續。桌面上倪氏傑是三條K，而張毅輝是一對J和一個A，而傅華則是方塊同花的Q。

表面上看，傅華的牌面是最差的，但傅華實際上是在賭同花順，如果能拿到方塊十，那他將是三個人當中的贏家，然而如果拿不到，他便將是三人中牌面最小的一個。

按說通常狀況下，傅華可能早就棄牌了，但是不知道為什麼，他有一種強烈的預感，這次他一定會拿到同花順的大牌；同時，傅華也有一種想要跟倪氏傑好好較量一把的念頭。從剛才到現在，倪氏傑對他一直是一種略帶蔑視的態度，這讓傅華有一種想要好好教訓教訓倪氏傑的欲望。

倪氏傑看到自己拿到三條K，二話沒說直接就梭哈了，張毅輝則是稍微猶豫了一下，然後也跟著梭哈了。傅華判斷張毅輝拿到的很可能是一對J和一對A，傅華沒有猶豫，也跟著梭哈。

這讓倪氏傑愣了一下，因為張毅輝跟著梭哈還可以理解，畢竟從桌面的牌來看，他還有兩次可能贏的機會，但是傅華卻僅有一次的機會。

倪氏傑不禁說：「傅董這是孤注一擲啊。」

傅華很有自信地說：「倪董您錯了，我這不是孤注一擲，而是有自信這把我一定會贏的。」

倪氏傑嘲諷說：「傅董，如果你想用狂妄引起我的注意的話，那我可以說你達到目的了。」

傅華的臉色變了一下，倪氏傑對他說話的口氣是那麼不屑，而且點明自己留下來參與賭局就是為了引起他的注意。這說明倪氏傑對他一直懷有戒心，壓根就沒打算給他機會談合作，看來他今天是做了一場無用功了。

傅華不甘示弱地說：「看來倪董是覺得這把我一定不會贏了，那您敢不敢跟我賭一下？」

倪氏傑搖頭說：「傅董，我才不上你的當呢，你是不是想說你如果贏了這一把的話，就讓我同意中衡建工跟你那個什麼投資公司合作啊？」

不知道是不是故意的，倪氏傑連熙海投資的名字都說不出來，越發說明了他對傅華的蔑視，擺明了在刻意打他的臉。

既然這樣，傅華覺得也沒有必要再給倪氏傑留什麼面子了，便毫不留情地說：「倪董，您太自以為是了。兩家公司合作是大事，需要坐下來認真商討，確定條件彼此都認可的情況下才能進行合作，是不能拿來當賭注這麼兒戲的。」

傅華這麼說是帶有教訓倪氏傑的意思，倪氏傑在這群人當中身分是最高的，其他幾位多是有意無意的討好他，哪能忍受傅華的教訓，臉當即沉了下來。

倪氏傑冷嘲熱諷地說：「想不到傅董還這麼牙尖嘴利啊，那我就有些好奇了，你究竟想拿這一局的輸贏跟我賭什麼？」

傅華正色說：「如果我輸的話，我會為今天冒昧的打攪向倪董誠摯的道歉，然後從您的面前消失，從此再不來打攪您；但如果我贏了的話，我依然會從您面前消失，但在那之前，還請倪董從廢紙簍裏將我給您的資料拿出來還給我。」

倪氏傑的臉色越發的陰沉，冷冷的看了傅華一眼，說：「原來傅董在等著我呢。」

傅華毫不示弱的直視著倪氏傑，說：「那倪董敢不敢跟我賭呢？」

蘇南覺得傅華有點讓倪氏傑下不來台，在一旁說道：「傅華，你這可有點超過了啊，倪董是商界的前輩，你要尊重他。」

倪氏傑卻不領蘇南的情，說道：「蘇南，這件事你別管，我倒想聽聽傅董到時候會怎麼誠摯的跟我道歉。發牌！」

第五張牌就發了下來，倪氏傑拿到的是一張A，張毅輝拿到的則是一張九，並沒有拿到他想要的A或者J組成葫蘆，因此他已經輸了。

在場所有人的目光就轉向了要發給傅華的第五張牌，傅華也在心中暗暗禱告，方塊十，給我一張方塊十吧……

似乎上蒼真的聽到了傅華的禱告，第五張牌翻開，一張紅色的方塊十赫然在目，傅華長出了一口氣，笑說：「天不負我啊。」

看到這個情形，倪氏傑的臉色頓時黯淡下來，這意味著傅華拿到了同花順，看來傅華是贏了。按照賭約，他得從廢紙簍中將資料撿出來還給傅華。

這實在讓倪氏傑有些下不來台，要他彎下腰來去廢紙簍裏撿東西，讓他這張老臉往哪兒擱啊？

傅華看倪氏傑遲疑的樣子，知道倪氏傑放不下面子，想想也覺得有些可笑，他是來求倪氏傑幫忙的，人家願意幫你是人情，不幫你是本分，他本來就沒資格去怪倪氏傑什麼。

想到這裏，傅華站了起來，自己去廢紙簍裏將資料拿了出來，然後回頭對倪氏傑說：「不好意思，倪董，今天我給您添堵了，我現在馬上就走。」

這下反讓倪氏傑一陣錯愕，他沒想到傅華明明賭贏了，卻沒有逼他兌現賭注，反而主動跟他道歉。一時之間有點不知道該跟傅華說什麼好。就在他錯愕間，傅華已經頭也不回的走了出去。

出了門，傅華才想起來他是坐蘇南的車過來的，可是他又不想回頭去找蘇南，就打算看看前頭有沒有計程車。

往前走了一會兒，蘇南從後面追了出來，從背後喊道：「傅華，等我一下，我們一起回去。」

蘇南將車開了過來，傅華上了車，抱歉地說：「南哥，今天我是不是讓你有些難做了？」

蘇南搖搖頭說：「我跟中衡建工的合作並不密切，我尊重倪氏傑，是因為他是這一行中的前輩，真沒想到他會那麼倚老賣老，讓你下不來台。」

傅華笑笑說：「沒什麼啦，是我自己上門求人家的，人家給我臉色看也是我自找的。」

蘇南批評說：「話雖這麼說，倪氏傑還是應該照顧一下後輩的臉面是不是啊?!不過你今天最後玩的這一手也挺妙的，你自己把資料撿出來，這比讓倪氏傑撿更讓他難堪，越發映襯出他一開始扔你資料的舉動是多麼的沒有風度。」

傅華苦笑說：「但是這下我也把他給得罪慘了。算了，中衡建工我就不再打什麼主意了。」

蘇南勸慰說：「也只好這樣了，你放心，這件事我會幫你留意，看看有沒有別的公司願意跟你合作的。」

傅華點點頭，說：「那有勞南哥您費心了。」

從郊區回來，傅華拿了自己的車，去了馮葵那兒。馮葵正在做晚餐，看到他，甜笑著說等一下晚餐就好。

梭哈是一種高度運用腦力的遊戲，不但要觀察對手，還要計算對手可能拿到什麼樣的牌，因此剛從楓葉山莊回來的傅華很是疲憊，就對馮葵說：「你慢慢弄，我去休息一會兒。」

傅華就去臥室，躺在床上，本來想小憩一會兒的，沒想到竟然就睡著了。也不知道睡了多久，傅華睜開眼睛的時候，就看到馮葵在他身邊拿著一本書在看著。

傅華問：「小葵，我是不是睡了很久啊？」

馮葵點點頭說：「是啊，已經晚上九點多了。我過來叫你吃飯的時候，看你睡得正香，就沒忍心叫醒你，想等你睡醒了再說，哪知道你一睡就是三個多小時。老公，是不是最近的事情讓你很累啊？」

傅華確實感覺到有些心力交瘁，不但要忙駐京辦的工作，還要啟動熙海投資的兩個項目。這還不是最讓他煩心的，最讓他煩心的是齊隆寶這個混蛋時時在背後窺視著他，等待著給他致命的一擊。

但是齊隆寶的事，傅華不想跟馮葵說，他不想讓馮葵參與其中，齊隆寶太危險了，傅華擔心馮葵因此受到什麼傷害，就笑笑說：「最近是有點累，因為多了熙海投資的事要忙。」

馮葵聽了說：「說到熙海投資，我正想問你，熙海投資這邊，你不需要我幫你做些什麼嗎？」

傅華搖搖頭：「不需要了，小葵，我自己的問題自己能解決。」

馮家的人除了馮玉清之外，對他們的關係還一無所知，如果他把難處跟馮葵講，要解決熙海投資幾十億資金的困難，馮葵就不得不驚動馮家的人，勢必會讓馮家察覺到他和馮葵的關係，那時可能就是他跟馮葵這段地下戀情結束的時候了。

雖然馮葵跟他不會有什麼長遠的未來，但是傅華對這段感情很珍惜，希望兩人關係能夠儘量持續的更長久一些；這也是為什麼他寧願去拜託蘇南，也不想向馮葵求助的主因。

馮葵不愧與傅華心有靈犀，搖搖頭說：「老公，你沒有對我說實話，我看得出來，熙海投資遇到了困難，如果一切順利的話，你不會這麼累的。」

傅華不願意承認，心虛地說：「別瞎說，難道你不相信你老公我能夠解決遇到的困難嗎？」

馮葵伸出手，心疼地撫摸著傅華的臉龐說：「你騙不過我的，你想在我面前裝作沒事，但是你的笑容中卻帶著一絲憂鬱，雖然你沒跟我談熙海投資的詳細情形，但我也猜得到，如果不是很困難，你不會去選擇跟羅茜男的豪天集團合作的。」

傅華掩飾說：「小葵，不是你想的那樣，這是有別的原因。我能拿回這兩個項目，羅茜男出了很大的力，我選擇跟她合作，是對她的一種回報。」

馮葵不以為然地說：「那好，就算你跟羅茜男合作是為了回報她，那你告訴我，要完成天豐源廣場和豐源中心這兩個項目，需要的龐大資金要怎麼解決？這可是要幾十億才行的，胡叔的天策集團絕不可能拿出這麼多資金支持你，豪天集團的錢我估計付了地價款就所剩無幾了，那你的資金缺口要怎麼解決呢？」

傅華看了馮葵一眼，不禁有些感動，雖然他從未對她開口這些事，但她對他的一舉一動卻始終關注著。

然而越是這樣，傅華越覺得他不能把馮葵拖進來，便故作輕鬆地說：「小葵，這件事我會想辦法解決的，今天我還去見了一家建築集團的老總，商量能不能讓他墊資幫我啟動項目，所以你放心好了，問題一定能迎刃而解的。」

馮葵駁斥說：「別騙我了，你今天跟那個老總肯定談的並不愉快，不然也不會一來我這兒就倒頭大睡。」

傅華哀嚎說：「小葵，你能不能別這麼聰明啊？你這樣讓我這個男人很沒面子啊。」

馮葵笑說：「你不想讓我拆穿你，就不要騙我啊！」

傅華苦著臉說：「我不是想騙你，小葵，我是不想你參與這件事。」

馮葵不滿地說：「為什麼，我們倆的關係是不分你我的，你為什麼不讓我參與呢？」

傅華凝視著馮葵，說：「小葵，如果你的家人讓你跟我分開，你會怎麼辦呢？」

馮葵怔了一下，質問說：「你是擔心因為這件事會讓馮家的人發現我們的關係？」

傅華點點頭說：「是的，這兩個項目動用的資金可不是一筆小數目，你如果要動用關係幫我籌措資金，能不被你的家人知道嗎？」

馮葵反駁說：「就算他們知道我幫了你，但是也不一定會知道我和你的關係啊？」

傅華深情凝視著馮葵說：「但是我不敢冒這個險，因為那樣子我就要失去你了。所以小葵，你還是讓我自己來處理這件事吧，你要相信我，我有能力解決這個問題的。」

馮葵無奈地說：「好吧，我聽你的，不管你的事就是了。」

週一上班，傅華安排好駐京辦的事務，就開車去了豪天集團。

羅茜男意外地說：「你怎麼突然跑來了，不怕被那個齊隆寶知道嗎？」

傅華嘆說：「怕也沒用啊，我根本就躲不開那個混蛋。上次我們在朝陽公園談話，我一回駐京辦，那混蛋就把我們談話的照片送到駐京辦了。」

「什麼？」羅茜男驚訝的說：「他的動作這麼快啊？」

傅華攤了攤手說：「就是這麼快，你不信啊？回頭我把照片拿給你看，話說他把你拍得還挺漂亮的呢。」

「去你的吧，」羅茜男瞪了傅華一眼，沒好氣地說：「這時候了你還有心情跟我開玩笑啊?!」

這時，辦公室的門被敲響，羅茜男看了傅華一眼，說：「可能是雎才燾來了。」

傅華說：「雎才燾在公司啊？」

羅茜男點點頭，說：「這傢伙現在天天都在公司待著，我猜是想盯著我的意思。好了，我要讓他進來了。」

羅茜男就喊了聲進來，門被推開，雎才燾走了進來，探著頭說：「傅先生，我看到你的車，就過來看看。怎麼？來找茜男有事啊？」

「有些事要跟羅總商量。雎少，你這麼緊迫盯人，不會是擔心我把你女朋友給拐走了吧？」傅華譏刺說。

雎才燾還擊說：「當然不擔心啦，因為我相信茜男的眼光。」

雎才燾這是在說羅茜男不會沒眼光看上傅華的，傅華笑說：「這可很難說啊，人的眼光隨時會變，說不定羅總的眼光改變了呢。」

羅茜男聽到兩人的對話，不得不做出維護雎才燾的樣子，就瞪了傅華一眼，說：「傅先生，你是不是覺得拿我開玩笑很有意思啊？這裏是辦公室，是談公事的地方，請你放尊重一點好嗎？」

傅華曉得羅茜男這是演戲給雎才燾看的，就乾笑了一下，說：「好，是我不對，我不對，我不開玩笑了行嗎？」

羅茜男哼了聲說：「最好是這樣。才燾，坐吧。」

雎才燾就去坐了下來，然後對傅華說：「傅先生，你來得正好，我正好有事想要問你。」

「什麼事啊，雎少？」傅華問。

雎才燾說：「豪天集團的資金轉到公司的賬上有些日子了，為什麼遲遲不見你正式啟動項目呢？」

傅華笑了一下，說：「也沒幾天吧？」

雎才燾逼問說：「不管怎麼說也是到了公司的賬上了，你應該快點啟動才對。你這樣遲遲不動作算是怎麼一回事啊？不會是你沒有能力啟動吧？」

傅華沒想到雎才燾會這麼咄咄逼人，看來這傢伙有了齊隆寶的支持，氣勢比以前足了很多啊。

雎才燾說到這裏，又轉頭看了看羅茜男，語氣不善地說：「茜男，我要提醒你一下，我們豪天集團不應該這麼放任傅先生這樣下去，我們拿了大筆的資金給他，他卻一點實際的動作都沒有，如果就這樣讓他拖下去的話，對豪天集團可是很大一筆損失。」

睢才熹這麼說，羅茜男不得不有所表示，便附和說：「是呀傅先生，你要給我們一個說法才對。」

睢才熹又說：「傅先生，如果你不能給我們一個合理的解釋，可別怪豪天集團採取斷然的措施，必要的時候，我們會採取行動想辦法追回資金的。」

傅華心想，睢才熹今天火力大開地對準他，八成是跟齊隆寶商量過，這是想逼迫他儘快把項目啟動起來，那樣他們就可以對他下手了。傅華心中暗罵睢才熹和齊隆寶奸詐！

不過，睢才熹的話說在理上，他無法反駁；眼下沒有別的辦法，只好先採取拖字訣，先把睢才熹給應付過去。

傅華就笑了一下，說：「睢少，你別這麼心急好不好，要啟動項目，總要聯絡建築公司吧？我現在正在跟一家建築公司洽談，看他們能不能跟我們合作，把項目給啟動起來。」

「你在跟建築公司洽談？」睢才熹用懷疑的眼神看了看傅華，說：「你可別騙我啊？」

傅華強自鎮定地說：「睢少，我有必要騙你嗎？」

睢才熹追問說：「那好，你告訴我，是哪家建築公司？」

傅華不禁暗自叫苦，他接連在和穹集團和中衡建工兩家公司碰壁，睢才熹讓他說出公司的名字，他哪裏說得出來啊?!

傅華回避說：「睢少，這個還在洽談當中，能不能達成合作還不好說，你有必要知道他們的名字嗎？」

睢才熹冷笑一聲：「正在洽談並不妨礙說出他們的名字吧，除非你是在騙人的，根本就沒跟什麼建築公司洽談。」

傅華不動聲色地說：「睢少，你真是會開玩笑。好吧，告訴你也無妨，我現在正在談的這家公司是中衡建工，你知道這家公司吧？」

傅華迫於無奈，只好先把中衡建工給抬出來。他沒有說出和穹集團，因為擔心會引起齊隆寶對和穹集團的懷疑，給高芸帶來不必要的麻煩。

「中衡建工我當然知道了，」睢才熹聽了說：「我父親當初還帶我見過他們的董事長倪氏傑呢。」

傅華愣了一下，心中有些懷疑倪氏傑跟睢心雄私下早有聯繫，所以才會在見到他的時候那麼對待他。這時候，傅華不禁慶幸昨天沒有真的跟倪氏傑談合作的具體事宜，否則很可能是引狼入室，招來睢心雄的朋友誤當合作夥伴了。

傅華笑說：「原來睢少認識倪董啊，那下次我跟倪董見面的時候，跟他提提你的名字，也許他會看在你的面子上，給我們一個優惠的條件呢。」

睢才燾臉色暗了一下，信以為真地說：「你還是不要提到我比較好，我父親現在這個狀況，很多朋友都在跟我們劃清界限，你提到我恐怕只能起到反效果。」

睢才燾這句話意味著雖然倪氏傑跟睢心雄認識，但是兩人的關係並不密切。傅華便裝作抱歉地說：「啊，我忘記這件事了，那就不提好啦。誒，睢少，你父親的案子似乎已經到了審判階段……」

「我父親的案子與項目無關，」睢才燾不想聊睢心雄的案子，打斷傅華的話說：「傅先生，我們還是回到項目上來吧。」

傅華笑笑說：「項目上就簡單了，我目前正跟倪氏傑談合作，有什麼進展，我會及時向羅總回報的。這總可以了吧，睢少？」

睢才燾質疑說：「希望你不是在拿中衡建工當擋箭牌。」

「怎麼會呢，」傅華說：「睢少，你也太不相信人了吧？」

睢才燾冷哼說：「你這話本來就沒什麼可信度，你說在跟人家洽談，誰能證明？回頭你只要說跟倪氏傑沒談攏，這個謊輕鬆就能被你圓過去了。」

傅華直罵睢才燾狡猾，正想找理由辯解，恰在這時，他的手機響了起來，看看是個陌生的號碼，正好借這個電話擋一下睢才燾，就說：「睢少，你等一下，我先接個電話。」

傅華接通電話，「你好，我是傅華，請問是哪位找我？」

電話那邊一個女生的聲音說：「您好傅董，我是中衡建工的董事長助理余欣雁。」

「中衡建工、董事長助理？請問您找我有什麼事嗎？」傅華一時間怔了一下。

余欣雁解釋說：「是這樣子的，我們董事長讓我跟您聯繫，說有些事情想跟您當面談談，讓我跟您約一下時間，看您什麼時候有空。」

原來是倪氏傑想要找他，這讓傅華十分意外，原本他以為跟中衡建工已經沒戲唱了，他昨天那麼對倪氏傑，按理說倪氏傑應該不會再跟他聯絡，沒想到現在卻主動來找他。

這個電話來得正是時候，不管倪氏傑要跟他談什麼，他可以借此證明他確實跟中衡建工有接觸，就能堵住睢才燾的嘴了。

傅華笑笑說：「原來是倪董要跟我見面啊，我今天都有時間。」

余欣雁回說：「我看一下倪董的行程，嗯，下午四點鐘他可以跟您見面，到時候您來中衡建工找我，我帶您去見倪董，這樣可以嗎？」

傅華高興地說：「行啊，那我們下午見了。」

傅華掛了電話，看著睢才燾說：「睢少，你聽到沒有，倪氏傑的助理約我跟他見面，這下子你該不會懷疑我是騙你的吧？」

「怎麼會這麼巧啊？」睢才燾狐疑地說：「我才剛問完，就有一個自稱是倪氏傑助理的人打電話來，傅先生，不會是你花錢請人打這個電話的吧？」

「睢才燾，你夠了吧？」傅華有些惱火，衝著睢才燾嚷道：「你有什麼資格來懷疑我啊？」說著，轉頭對著羅茜男說：「羅茜男，你也不管管你的男朋友，他這麼疑神疑鬼，我們還怎麼合作啊？」

睢才燾挑釁說：「傅華，你不用這麼大聲嚷嚷，我看你是心中有鬼才這個樣子的。」

傅華氣說：「胡說八道，誰心中有鬼了？你要不要下午四點跟我去中衡建工看看啊？」

「去就去，誰怕誰啊！」睢才燾毫不示弱的嚷道。

羅茜男看兩人又吵了起來，趕忙制止說：「好了，你們兩人幹什麼啊？一人少說一句吧。才燾，你別再說了，傅先生跟我們是合作夥伴，是不會玩請人打電話這種騙人的把戲的。」

傅華氣憤地說：「他這是無理取鬧，羅茜男，你這個總經理最好是約束一下你的人，別什麼話都拿出來亂講。」

羅茜男瞪了傅華一眼，說：「好了傅華，我怎麼管人是我的事，不用你教我；這件事你也有不對的地方，你負責的項目遲遲不能啟動，不光是才燾，我心中對此也很不滿。」

傅華反駁說：「一個項目要啟動哪有你們想的那麼快啊？好了，我不跟你們說了，我要回去準備下午跟倪氏傑的見面了。」

羅茜男點點頭說：「這才是你應該辦的正事，才燾，你先回去吧，我送一下傅先生。」

睢才燾用懷疑的眼神看著羅茜男和傅華，說：「茜男，我跟你一起送傅先生離開吧？」

羅茜男白了睢才燾一眼，回說：「你們倆還沒吵夠啊，行了，你回你的辦公室吧，我送他就可以了。」

睢才燾只好灰溜溜地離開羅茜男的辦公室。

傅華忿忿不平地說：「你看到沒有，這傢伙在懷疑我們會說什麼悄悄話呢。」

羅茜男嗤了聲說：「誰跟你說悄悄話啊！好了，我們趕緊出去吧，否則睢才燾這個混蛋還不知道會怎麼想呢。」

兩人出了羅茜男的辦公室，進電梯後，羅茜男這才問道：「傅華，被睢才燾這麼一打攪，我還沒來得及問你跑來豪天集團是有什麼事呢？」

傅華說：「我是想問你，有沒有打聽到齊隆寶的消息。」

羅茜男搖搖頭，說：「還沒有，這傢伙不太好查，我正在找一些能夠查到秘密部門的關係。」

傅華警告說：「那你可千萬小心，別讓他察覺到你在查他，否則你就危險了。」

羅茜男笑笑說：「我心中有數，你自己也小心一些，別忘了，那個齊隆寶一直在背後盯著你呢。」

傅華聳聳肩說：「小不小心都一樣啦，除非你趕緊查到他的底細，找出能對付他的辦法，否則永遠防不勝防。」

羅茜男點點頭說：「我會儘快的。誒，中衡建工的事到底是真是假啊？」

傅華說：「你該不會也跟睢才燾一樣，對我有所懷疑吧？」

羅茜男說：「那個助理的電話來得也太巧了點，難免會讓人心生疑竇。好吧，既然是真的，那希望你儘快跟他們達成合作。你也看到了，現在睢才燾有人撐腰了，就變得氣焰高漲起來。如果你再沒什麼進展，他就會逼著我對你採取措施的，到那時候，大家都不好辦。」

說話間，電梯到了一樓，羅茜男將傅華送到車邊，傅華往豪天集團辦公室掃了一眼，看到睢才燾正站在窗戶那裏往外看，傅華便調皮地說：「你男朋友在看著我們呢，我們要不要表現的親熱一點，好氣氣他啊。」

羅茜男打了傅華一下，說：「一邊去，趕緊滾蛋吧。」

傅華離開了豪天集團，在路上，他打電話給蘇南，說倪氏傑約他見面的事，問蘇南知不知道是怎麼一回事；蘇南說他也不知道是怎麼一回事，讓傅華下午去的時候隨機應變。

傅華回到駐京辦，開始著手準備見倪氏傑的資料，這時，桌上的電話響了，是市政府秘書長黃小強打來的，傅華接通了電話，說：「黃秘書長，您有什麼指示？」

黃小強說：「有個情況要跟你通報一下，市政府新從乾宇市調來一位林蘇行同志，接替轉任定策縣縣長的祝季高同志，出任海川市政府副秘書長。」

聯想到姚巍山也是從乾宇市過來的，傅華就知道林蘇行會來海川，八成是因為姚巍山的運作，這個人應該是姚巍山很信任的人。如果他想得不錯的話，那黃小強這個秘書長處境就有些尷尬了。

在官場上，除了講位置，還要講圈子，某種程度上，圈子比位置更重要。雖然從位置上看，黃小強是秘書長，林蘇行是副秘書長，黃小強的位置要高一些，但是林蘇行卻是姚巍山圈子裏的人，黃小強則不是，林蘇行對姚巍山來說，要比黃小強更重要；而且林蘇行出任市政府秘書長，恐怕其目標是要在未來取代黃小強的位置，這對黃小強來說更具威脅性了。

傅華意識到對這個林蘇行，他要謹慎以待，最好不要輕易得罪他；因為得罪他，就意味著得罪了姚巍山。傅華就笑笑說：「我知道了，黃秘書長，您還有別的指示嗎？」

「這個嘛，」黃小強似乎是想說些什麼，但話到嘴邊又遲疑了一下，最終還是收了回去，說：「沒有，就這樣吧。」

黃小強就掛了電話，傅華不免暗自搖頭，顯然黃小強對此安排心情並不愉快，看來黃小強已經意識到林蘇行的到來對他意味著什麼。

有什麼樣的主子，就有什麼樣的奴才，姚巍山是個愛上下其手，不擇手段為自己謀利益的人，林蘇行來到海川，一定也不會謹守本分，然而黃小強也不是個逆來順受的人，恐怕海川市政府又要迎來一場龍爭虎鬥了。

出於禮貌，傅華提前十分鐘就到了中衡建工，余欣雁接待了他，抱歉地說：「不好意思，傅董，倪董辦公室裏面還有客人，要麻煩您等一下。」

余欣雁是個典型的白領麗人，精緻的面龐上有一雙會說話的大眼睛，高挺的鼻子、性感的嘴唇，一身黑色的套裝把她的曲線襯托得恰到好處，看著就讓人賞心悅目。傅華心說：倪氏傑這老傢伙倒挺會享受，讓這麼一個尤物做他的助理。

傅華趕忙說：「沒事，是我比約定時間來得早了一點。」

余欣雁給傅華倒了杯水，招呼說：「那您稍坐一會兒，等倪董能夠見您了，我會通知您的。」

過了幾分鐘後，傅華看到董事長辦公室的門打開了，一個客人從裏面出來，余欣雁就進去跟倪氏傑通報說傅華到了，然後請傅華進去。

傅華走進倪氏傑的辦公室，倪氏傑並沒有站起來跟他握手表示歡迎，只是上下打量著他，說：「傅董，你昨天可是讓我很下不來台啊。」

傅華回說：「彼此彼此，倪董將我的資料扔進廢紙簍的時候，我也恨不得想找個地縫鑽進去呢。」

余欣雁聽兩人的對話透著玄機，就看著倪氏傑問道：「倪董，你們這是？」

傅華見余欣雁居然當著客人的面詢問倪氏傑，心中覺得有些訝異，要麼是倪氏傑御下不嚴，要麼就是余欣雁很得倪氏傑的賞識，不然一個助理是不該在董事長接見客人的時候隨便插話的。

倪氏傑笑說：「昨天我和這位傅董發生了一點小摩擦，這個傅董很霸氣啊，當著好幾位朋友的面讓我下不來台，然後就揚長而去，連個轉圜的餘地都沒給我。」

余欣雁好奇地看了眼傅華，說：「傅董，不得不說您的膽子真的很大，敢讓我們倪董那麼難堪的人可不多啊，你居然還敢來公司見他。」

傅華笑說：「沒辦法，我現在受形勢所迫，有求於人，只好厚著臉皮來了。」

倪氏傑聽了，立即表明立場說：「誒，我先聲明啊，我可沒說找你來就是要跟你合作的。」

傅華笑笑說：「您是沒這麼說，不過就我個人理解，您一定是已經有了跟我合作的意思，才會安排這次見面的。」

倪氏傑反問道：「你憑什麼這麼想？是不是也太樂觀了一點啊？」

傅華奉承說：「這很簡單啊，您找我來，總不會是真的為了找下台機會吧？您是大人物，管理這麼大的公司，手裏掌控的資產過千億，肯定不會為了那麼點小事跟我這個小人物較勁的。」

倪氏傑說：「你先別急著拍我馬屁，管理的公司大，資產過千億又怎麼了，越是這樣的人你越是不該冒犯的，如果說我今天就是叫你來道歉的呢？

你是不是要後悔不該來了？」

傅華想了想說：「那我也不後悔，我想過了，如果您把我叫來是為了要我道歉的話，那您一定會先跟我談合作的事，達成合作協議之後，再來好好的敲打我，把您的面子討回去。倪董，我猜得沒錯吧？」

第六章

借雞生蛋

眾人坐定後，鄧子峰笑說：「傅華，我聽蘇南說，
你現在場面越來越大了，居然要搞幾十億的項目？」
傅華靦腆地說：「鄧叔，你別聽南哥替我吹牛，
其實我是借雞生蛋而已，
前期的資金全部都要靠別人墊付呢。」

倪氏傑忍不住哈哈笑了起來，忍不住說：「我說傅董啊，你怎麼淨想美事啊？」

傅華很有把握地說：「不是我淨想美事，是您一定會這麼做的。」

倪氏傑強勢地問：「那我如果只是要敲打你，並沒有要跟你合作呢？」

傅華笑了起來，說：「那就是您淨想好事了，我又不傻，如果您連點好處都不肯給我，我憑什麼要聽您敲打啊？」

余欣雁在旁邊聽著，撲哧一聲被逗笑了，對倪氏傑說：「倪董，看來今天您是被這位傅董給賴上了。」

倪氏傑也不覺莞爾，道：「能賴上我倪氏傑，也算是他的本事了。」

傅華聽倪氏傑這麼說，趕忙拿出他帶來的資料，笑笑說：「倪董這麼說就是願意跟我談合作了，資料我都帶來了，您看一下。」

倪氏傑卻沒有伸手去接傅華遞過來的資料，反而搖搖頭說：「這些資料別給我。」

傅華愣了一下，隨即開玩笑說：「倪董不要擔心，這些資料我是重新準備的，絕不是昨天被您扔進廢紙簍的那些。」

倪氏傑埋怨說：「你這傢伙怎麼忘不了這件事啊。好啦，你不用害怕，我不接你的資料不是我不想跟你談合作，而是這些事情就無需我這個董事長親力親為了，你把資料給欣雁吧。」

傅華就把資料遞給余欣雁，倪氏傑對余欣雁說：「欣雁，你也坐下來，跟我一起聽聽傅董的想法吧。」

余欣雁便也坐到沙發上。倪氏傑神情嚴肅起來，說：「傅董，我承認我很欣賞你，但這不代表我會因此跟你合作，你要跟我合作也可以，拿出足夠說服我的理由來。」

傅華自然明白要合作這麼大的項目，僅僅憑幾句嘻嘻哈哈的話是不夠的，他在來之前，就已經做好充分的準備，因而衝著倪氏傑點點頭說：「那我就談談我的想法。」

於是傅華開始對這兩個項目地段上的優勢以及前景的規劃侃侃而談起來。倪氏傑聽完傅華的陳述後，點點頭說：「你說的很符合實際情況，看來你來之前是做了一番功課的，那你想怎麼跟我合作啊？」

傅華大膽地試探說：「我希望中衡建工能夠以全額墊資的方式承建這兩個項目。」

「你沒有資金，就敢發展這麼大的項目？」余欣雁驚訝的說。

傅華回說：「余助理，話可不能這麼說，這兩個項目我是已經付清地價款的，難道這不是資金嗎？再說，以這個地段的稀缺性而言，中衡建工也不用擔心拿不回你們的投資成本吧？」

倪氏傑說：「這我自然不擔心，不過傅董，我們中衡建工的資金也不能白白的被你們用吧？就算是銀行貸款，也是要付利息的。」

傅華立刻說：「這個我想過了，我們願意給中衡建工百分之十的利息補償金。」

倪氏傑搖搖頭說：「百分之十可是有點少啊。」

傅華說：「倪董，據我所知，你們承建商的毛利一般在百分之二十五左右，再加上這百分之十，你們中衡建工就可以拿到百分之三十五的毛利，這個利潤已經不低了。」

倪氏傑討價還價說：「不行，現在建築業的各方面成本都很大，特別是人力成本增加了很多，絕對達不到百分之二十五的毛利，如果你只願意支付百分之十的利息補償，那我們做這筆生意就沒什麼意思了，最少得百分之十五才行。」

傅華聽了說：「百分之十五？您要的可是有點狠啊，您應該從另一方面想一下，中衡建工能夠攬到這麼大的項目也不容易的，是不是？」

倪氏傑笑了起來，說：「傅董，我倒是覺得你才應該從另一方面想一想，能夠有像中衡建工這樣為你們全額墊資的公司也不多吧？」

傅華協商說：「這樣吧，倪董，我們互讓一步，百分之十二，不能再多了。」

倪氏傑態度很堅決地說：「不行，最少也得百分之十三才行。」

傅華無奈地說：「好吧，倪董，還是您厲害啊，就按照您說的辦吧；到期結算的時候，我們會向中衡建工支付百分之十三的利息補償金的。」

倪氏傑說：「我看是你厲害才對，你以百分之十三這麼低的代價就能把項目給運作起來，你才是賺大了。」

傅華笑笑說：「倪董不要這麼說，你們中衡建工賺得也不少吧，我們這算是互惠互利。」

至此，雙方算是敲定了合作的框架，倪氏傑就交代余欣雁負責這個項目，讓余欣雁跟傅華落實後續合作的具體細節，並做成最終的合作協議書。

看倪氏傑居然會讓余欣雁負責這個項目，傅華不免有些訝異，他沒想到倪氏傑居然這麼信任余欣雁。在他看來，余欣雁漂亮是漂亮，但是並不意味著她就有能力擔負得起這麼大的責任。傅華甚至懷疑，倪氏傑這麼重用余欣雁，是不是和余欣雁有著超出上司和下屬關係應有的友誼；從余欣雁對倪氏傑態度上的隨便，似乎也印證了這一點。

傅華很不喜歡倪氏傑這種公私不分的做法，不過在余欣雁面前，他不好將心中的懷疑說出來，否則他們的合作還沒開始，可能就要宣告破局了。

交代完，倪氏傑就讓余欣雁先出去了。

余欣雁離開後，倪氏傑把一張卡放在傅華面前，說：「拿去，這是你昨天贏的錢。」

傅華昨天一氣之下離開，並未跟倪氏傑結算輸贏的金額，雖然他贏的不是一個小數目，但是他壓根沒想收下這筆錢，便把卡推了回去，說：「倪董，昨天只是玩玩而已，沒必要這麼認真。」

倪氏傑堅持說：「讓你拿你就拿著，我可不想讓人說我輸不起。」

傅華看倪氏傑很認真的樣子，也不像是虛言客套，再不收的話，反會讓倪氏傑不高興，就順從地把卡收下了。

他忍不住對倪氏傑說：「倪董，我有些不太明白，我昨天跟您鬧得那麼不愉快，為什麼您不但沒生我的氣，反而還要跟我合作呢？」

倪氏傑看了傅華一眼，反問道：「怎麼，難道你認為我沒有這個肚量嗎？」

傅華搖頭說：「這無關肚量不肚量的問題，雙方合作，要對得上心思才行，我覺得昨天您對我的態度是很不屑的。」

倪氏傑坦承說：「這點我承認，一開始我覺得你攪了我的興，讓我很不高興，不過，在看到你能在我故意給你難堪的情況下仍然參與賭局，還能夠不受影響的贏錢，就覺得你算是個人物。但是我知道你那麼做，只是想爭取讓我跟你合作，因此就故意拿話激怒你，想要堵住你的嘴，不讓你有機會跟我提什麼合作的事。」

倪氏傑說到這裏，很得意地說：「你當時確實也被我激怒了，不然你也不會提出要跟我賭什麼要我把資料從廢紙簍裏撿出來的賭約；但最後讓我大跌眼鏡的是，你明明贏了，卻沒有逼著我兌現賭注，反而自己去將資料撿了起來。」

傅華笑說：「我當時是想，我是去求您幫忙的，您幫不幫忙都是您的決定，我實在不應該因為您的態度而跟您為難，所以才自己去把資料撿了起來。」

倪氏傑欣賞地說：「就是你這麼做，讓我重新審視你這個人，這時我才覺得你這個人還不錯，玩梭哈也有一套。我一向認為牌品就是人品，你玩梭哈的牌品不錯，人品相對差不到哪兒去；當然啦，天豐源廣場和豐源中心這兩個項目也的確是很有利可圖，所以就有了跟你合作的念頭。」

傅華卻認為事情應該不只像倪氏傑說的這麼簡單，倪氏傑有錢有權，在北京算是個重要人物，特別還是大型國企的董事長，傅華很難相信這種人會因為一個小細節就對他來個態度上的大逆轉，這裏面應該有他所不知道的因素影響了倪氏傑。只是傅華搞不清楚是什麼原因導致倪氏傑的轉變，也只有接受他的說詞了。

傅華說：「原來如此。不過倪董，您既然要跟我合作，是不是派個精明能幹的人出來負責這個項目啊？」

倪氏傑反問：「怎麼，你覺得欣雁不行嗎？」

傅華猶豫地說：「我不是覺得余助理有什麼不好的地方，我只是覺得這麼大的項目，余助理一員女將恐怕難以撐得起局面來。」

倪氏傑搖頭說：「你太小瞧欣雁了，我跟你說，欣雁一定行的，你等著看吧。」

傅華質疑說：「我總覺得她像是個新手，恐怕並沒有單獨負責過這麼大的項目吧？」

余欣雁的精緻秀麗，讓人一看就覺得她是沒經歷過風雨，負責大型的建案，常跑工地是必然的流程，工地上風吹日曬的，會讓人皮膚變得黝黑粗糙，因此傅華判斷余欣雁之前一定沒負責過類似項目。

果然，倪氏傑說：「以前沒有，不代表她就不行啊；再說，有中衡建工做後盾，一定不會有什麼閃失的，所以你放心好了。」

「好吧，倪董，您一定堅持這麼安排的話，我也只好接受了。」傅華無法再說出其他反對的理由，也只能接受這個安排了。

倪氏傑很有自信地說：「等你們合作一段時間，你就會知道我這個安排是再合適不過的了。」

從倪氏傑的辦公室出來，傅華找到余欣雁，對余欣雁說：「余助理，我要回去了，你看你這邊還有什麼需要我做的沒有？」

日後他們會長期合作，在離開前，禮貌上他應該要打聲招呼。

余欣雁說：「暫時沒有，等我看過傅董您帶來的資料，我們再碰面商量一下相關的細節問題。」

余欣雁這個說法倒也中規中矩，傅華就笑笑說：「那好，你看完之後給我電話好了。」

從中衡建工出來，傅華坐上自己的車，拿出手機想跟羅茜男報告一下他和中衡建工商談的情況，但是想了一下，他又把手機收了起來。因為他想到和中衡建工達成合作協議後，齊隆寶很可能會認為是時候可以對他下手了。

傅華不禁陷入兩難的境地，也覺得很滑稽，一方面，他不得不儘快促成那兩個項目啟動，可是另一方面，項目的啟動卻又很可能將他推向危險的邊緣，真是有點作繭自縛的味道，然而羅茜男尚未掌握到齊隆寶的底細，讓他無計可施。

他不禁想起了喬玉甄。喬玉甄是最清楚齊隆寶情形的人，無奈喬玉甄現在遠避香港，如果把她拖進來，傅華擔心齊隆寶會對喬玉甄斷下殺手，因此傅華也不能再把喬玉甄扯進來。

但是傅華不甘心就這麼坐以待斃，思考著能不能再給自己找一把保護傘，這把保護傘的作用並不是要制住齊隆寶或者除掉齊隆寶，只要能讓齊隆寶感到投鼠忌器，暫時不敢對他採取什麼動作就可以了，這樣就可以為他爭取一段時間；有了這段寶貴的時間，羅茜男也許就能查到齊隆寶的底細，也就可以針對齊隆寶採取相應的防護措施了。

想到這裏，傅華隱隱覺得似乎找到了解決齊隆寶這個問題的方向，只是要如何具體去做，他心中還是毫無頭緒。

這時，傅華的手機響了起來，號碼是隱藏式的，傅華不禁暗自搖頭，不用說，這個藏頭藏尾的電話一定是齊隆寶打來的，其用意就是要營造一種壓迫的氛圍，讓他始終生活在惶恐之中。

傅華本想接通後大罵齊隆寶一通，但隨即一想，那樣反而正中齊隆寶下懷，還不如心平氣和好一點，就從容不迫地按下接通鍵，笑笑說：「姓齊的，你是不是又想告訴我你在背後盯著我啊？」

齊隆寶說：「我是看你把車停在中衡建工門前，好長時間沒發動，就想問問你在想什麼。你不會是有什麼地方想不開了吧？」

傅華失笑說：「恐怕要讓你失望了，我現在好得很啊。姓齊的，看不出來你還挺關心我的嘛？」

齊隆寶冷笑說：「那當然，難得能遇到這麼好玩的對手，不多關心一下怎麼行啊。」

傅華說：「那多謝了。誒，姓齊的，我們倆打交道這麼久，有個問題我一直想問你，你是怎麼跟睢心雄扯上關係的？」

齊隆寶防備地說：「怎麼，想來探我的底啊？」

傅華笑笑說：「就是好奇而已，估計這是很久以前的事了，就算說出來，我也查不到什麼的。」

齊隆寶說：「我和睢心雄的關係確實很久遠，就算說給你聽也沒什麼，不過，我還是不能透露，做我們這一行的人最注意的就是保密，我從來都不會忘記這一點的。」

傅華諷刺說：「你倒是警惕性很高啊。」

齊隆寶笑說：「不能不警惕性高啊，我做的很多事都是招人記恨的，警惕性不高的話，早就沒命了。」

「你倒是有自知之明啊。喂，你做那麼多壞事，晚上能睡得著覺嗎？」傅華問。

齊隆寶得意地說：「這個可能要讓你失望了，我睡得挺香的呢。好了傅華，我沒時間跟你磨牙了，就這樣吧。」

傅華笑笑說：「行啊。喂，姓齊的，你要是沒事幹的時候，記得多給我打電話，跟你聊天挺有意思的。」

齊隆寶哼了聲說：「傅華，你不要妄想能從我這裏套出什麼有用的東西去，如果能被你套出什麼來，我這些年在秘密部門豈不是白待了。」說完就掛了電話。

傅華不禁苦笑著搖了搖頭。他讓齊隆寶多給他打電話，並不是跟齊隆寶開玩笑的，確實是像齊隆寶所說的那樣，他想從齊隆寶口中套出點什麼來，沒想到這傢伙居然滴水不漏。

傅華坐在車裏愣了會神，然後撥電話給蘇南，告訴蘇南倪氏傑確定要和他合作的好消息。

蘇南聽了也很高興，說：「恭喜你傅華，倪氏傑既然答應跟你合作，你的項目很快就能啟動了。」

傅華感激地說：「這還要謝謝南哥，沒有您的牽線，我根本就無法跟倪氏傑搭上關係。」

「跟我就不用這麼客氣啦。」蘇南欣慰地說。

傅華邀約說：「南哥，晚上您有沒有空，我們一起出來慶祝一下吧？」

「好哇，這件事確實值得慶祝，那我們去曉菲那裏，我想她也會為你高興的。」蘇南興致勃勃地說。

傅華說：「行啊，那晚上我們不見不散了。」

晚上，傅華逕自去了曉菲那裏。

曉菲看到傅華一副人逢喜事的樣子，不禁問道：「什麼事讓你這麼高興啊？」

傅華興奮地說：「在南哥牽線下，熙海投資和中衡建工初步達成了合作協議，中衡建工願意幫我墊資啟動項目了，你說我能不高興嗎？」

曉菲聽了說：「那是值得高興。恭喜你了，傅華。」

傅華笑笑說：「謝謝。咦，南哥還沒到嗎？」

曉菲回說：「還沒呢，他的事情多，很少能夠早到，你先進去等他吧。」

傅華進了包廂，等了半個多小時左右，蘇南終於到了，同來的還有鄧子峰。鄧子峰已經卸任東海省省長一職，由范琦接替他出任東海省省長一職。

鄧子峰看上去比以前消瘦了些，氣勢上也弱了很多，看來這次轉任司法部長，對他來說是一個不小的打擊。

傅華趕忙迎了上去，問候說：「鄧叔，什麼時候到北京的？」

鄧子峰跟傅華握了握手，說：「今天下午到的，正好蘇南說跟你有約，我就跟他一起過來了。」

傅華說：「太好了，前幾天南哥跟我說您要來北京工作，我就說要給您接風洗塵呢。」

鄧子峰帶著歉意說：「傅華，謝謝你這麼大度，沒有記恨我。」

傅華對此早已釋懷了，便說：「鄧叔，這些往事您別放在心上，我只記得你到東海省任職時幫了我不少忙呢。好了，鄧叔，我們坐下來聊吧。」

眾人坐定後，鄧子峰笑說：「傅華，我聽蘇南說，你現在場面越來越大了，居然要搞幾十億的項目？」

傅華靦腆地說：「鄧叔，你別聽南哥替我吹牛，其實我是借雞生蛋而已，前期的資金全部都要靠別人墊付呢。」

蘇南在一旁聽了，立刻說：「別謙虛了，能夠讓別人全部替你墊付也是你的本事啊。說實話，本來看倪氏傑對你的態度，我都覺得中衡建工沒戲唱了，哪知道只過了一天的功夫，你居然有本事扭轉倪氏傑對你的看法，讓他答應跟你合作，我實在是很佩服你。」

傅華不好意思地說：「南哥，看您這話說的，我都有些不好意思了。誒，不說我了，南哥、曉菲，我們一起敬鄧叔一杯吧，歡迎他來北京就任新職。」

三人就舉杯敬鄧子峰，鄧子峰跟三人碰了杯，然後一飲而盡。

鄧子峰頗為感慨的說：「曾幾何時，我在這裏跟你們喝酒的時候，還是豪情滿懷，想要在東海省做出一番事業來呢，沒想到今天我卻被派到司法部這個閒差，世事真是無常啊。」

鄧子峰表明了他對去司法部心中的失落感，然而官場就是這樣，絕不能走錯一步，只要不慎走錯一步，就要付出慘重的代價。

蘇南安慰說：「鄧叔，不管怎麼說，您還是部長，仍然能夠在新的崗位上做些事情的。」

鄧子峰落寞地說：「不行了，我已經算是被打入另冊的人了，再做什麼也是不受人待見的。」

傅華看鄧子峰一副幹勁全無的樣子，覺得鄧子峰似乎太悲觀了，其實鄧子峰算是個不錯的官員，也有能力，只是太過於熱衷往上爬，瞬間被放到冷門部門，一時無法接受。

他不願意看到鄧子峰受到一點打擊就變得一蹶不振，想給鄧子峰打打氣，便說：「鄧叔啊，我倒是覺得您在司法部部長的位置上依舊可以有所作為的，如果您只是打算熬到退休的話，那可就錯誤地領會高層這麼安排的意圖了。」

鄧子峰不以為然地說：「高層還能有什麼意圖啊？難道你不覺得我被放到司法部長的位置上，是一種貶黜嗎？」

傅華說：「這個我不否認，但是這並不代表高層要永遠不啟用你的意思，我覺得高層把您派任為司法部長，是認為您有管理一個部門的能力，雖然這個部門的影響力相對較小。」

鄧子峰苦笑說：「豈止是影響力小，那裡與東海省省長簡直是不可同日而語，他們跟我說，司法部長只有出訪的時候有用，老外會給與很高的禮遇，因為老外覺得司法部長很重要；但是在國內，司法部其實在同級別的機構當中是排最後幾位的。」

傅華認真地說：「鄧叔，我承認您說的都是事實，但是我覺得，沒有不重要的位置，只有不重要的人，我相信只要您能做出成績來，司法部也會因為您變得重要起來的。」

「沒有不重要的位置，只有不重要的人，」蘇南聽了笑說：「鄧叔，傅華這話說得很有道理啊。」

傅華又說：「鄧叔，這一點，我是從一個您很熟悉的人身上領悟到的，就是我的老領導曲煒。您是知道他的經歷的，他因為犯了錯誤，從主政一方的市長變成一個服務領導的省政府副秘書長，其中的差別您應該很清楚，但是他並沒有因此氣餒，反而從做好一個副秘書長開始，一步一步慢慢累積，現在不是也做到常務副省長的位置上了嗎？」

「確實是，」鄧子峰點點頭，說：「這一點我也挺佩服曲副省長的。傅華，看來我今天來見你還真是見對了，我總是能從跟你的談話當中得到啟示，是啊，只有不重要的人，沒有不重要的位置，我是應該好好考慮一下，要如何做好司法部長的工作了。」

蘇南看鄧子峰的想法豁然開朗了，也很高興，端起酒杯說：「鄧叔，我祝您在司法部這個新的崗位上做出新的成績來。」

鄧子峰便跟蘇南碰了一下杯，把杯中酒喝了。

喝完酒，鄧子峰笑說：「我今天有點喧賓奪主了，本來是要慶祝傅華跟中衡建工達成合作的，你們卻都來敬我的酒，把請客的主題給忽略了。」

傅華笑笑說：「沒事的鄧叔，我們三個都因為您來北京工作感到高興，敬你的酒也是應該的。」

鄧子峰說：「雖然如此，也不能忘記今晚請客的重點啊，來傅華，這杯我向你表示祝賀，祝你事業踏上一個新的臺階。」

傅華跟鄧子峰碰了碰杯，說：「謝謝鄧叔。」兩人將杯中酒一起喝了。

這時，傅華忽然想到，鄧子峰算是跟睢心雄在同一個陣營過，他會不會知道齊隆寶的底細呢？也許可以向他瞭解一下？但是要問齊隆寶的事，就無法回避睢心雄，鄧子峰會不會不願意再提及睢心雄？

傅華猶豫了一下，決定還是要問一問鄧子峰。

傅華看了看鄧子峰，試探著問道：「鄧叔，有件事我想向您瞭解一下，只是，可能涉及到您不想再提及的人……」

鄧子峰爽快地說：「傅華，你不用吞吞吐吐的了，不就是睢心雄嗎，我還沒那麼脆弱，說吧，你想問什麼？」

傅華說：「那就謝謝鄧叔了，我是想問一個跟睢心雄關係十分密切的人，他的名字叫做齊隆寶，不知道您聽說過這個人沒有？」

「齊隆寶？」鄧子峰想了想，搖搖頭說：「這個名字很陌生，我沒聽說過，這個人對你很重要嗎？」

傅華點點頭，說：「是的，您再想想，雎心雄有沒有提到過他在秘密部門工作的一位朋友？」

鄧子峰還是搖搖頭，說：「雎心雄沒有提到過這些，這個齊隆寶是什麼人啊？你瞭解他的情況是想幹什麼呢？」

傅華解釋說：「他是秘密部門的高官，因為雎心雄的事跟我有些衝突，我就想多瞭解一下他的底細。這個人跟雎心雄的關係應該十分密切，不然也不會在雎心雄被抓進去之後，還對我不依不饒。」

「既然是這樣，這個人就應該在某個階段跟雎心雄有過密切的交集，你從這方面著手，查一查雎心雄的相關資料，也許就能從中找到這個人。」鄧子峰思索說。

鄧子峰的話啟發了傅華，從齊隆寶對待雎心雄的情形來看，這兩人絕非是利益之交，而是莫逆相交的感覺。以這樣的交情，通常只有在從小青梅竹馬的同學、軍中戰友，或者是共患難過的朋友間才會有的，也許他真的能從這些資料中找到這個人。

海川市政府，姚巍山辦公室。

姚巍山正在和已經到任幾天的林蘇行談話。

姚巍山問：「老林啊，來海川工作還適應嗎？」

林蘇行滿意地說：「還可以，就是比我做政法委副書記的時候瑣事多了些，不過，能夠不再受華靜天那混蛋的氣，心裏舒坦多了。」

姚巍山笑說：「副秘書長嘛，本來就是服務副市長的一個管家性質的職務，瑣事當然會多一些，適應之後就好了。怎麼樣，跟曲副市長配合的還行嗎？」

林蘇行接替的祝季高原本是配合曲志霞工作的，因此林蘇行調來之後，仍是繼續配合曲志霞。

林蘇行說：「曲副市長對我很客氣，也很關照我，不過我感覺得出來，她對我仍是有些戒心。」

姚巍山聽了說：「那是自然的啦，你是從乾宇市調過來的，不用說，她也清楚你是我的人，而她則是站在孫守義那一陣營的人，對你自然會有些防備了。」

林蘇行恍然大悟說：「難怪。」

姚巍山又說：「老林啊，我調你來海川市政府，是希望你能夠幫上我的忙，所以你要儘快熟悉市政府的情況。」

林蘇行點頭說：「我明白。誒，市長，那個秘書長黃小強屬於誰的人啊？」

姚巍山看了林蘇行一眼，說：「黃小強怎麼了？」

林蘇行抱怨說：「這傢伙似乎看我有些不順眼，我來海川市政府這麼短的時間，他已經找過我好幾次麻煩了。」

姚巍山說出箇中原委：「那是你讓他感到威脅了，他知道你是我的人，自然就感覺他的位置有些坐不穩了，找你麻煩是在向你宣示他的權力。」

林蘇行不禁問道：「那我該怎麼對待他呢？」

姚巍山沉吟了一下，說：「黃小強並不屬於我和孫守義中的任何一派，只是他資格比較老，幾任市長都沒動他。你剛來海川，什麼情況都還不熟悉，這時候不宜跟他對著幹。如果他找你的麻煩，你就暫且忍著他一點，儘量表現得多尊重他一些好了。」

林蘇行答應說：「行啊，華靜天那樣的人我都忍受下來了，黃小強這點小麻煩就更沒什麼了。」

姚巍山承諾說：「等過了這段時間，你熟悉情況後，他如果還是這樣不識趣，我會想辦法收拾他的。」

林蘇行點點頭：「行，我明白該怎麼做了。」

姚巍山接著又說：「老林啊，黃小強、曲志霞這些人並不是我們現在需要關注的重點，現在我們要密切注意的重點是胡俊森。這傢伙鬧出一個跳票事件不說，還通過駐京辦的傅華跟楊副總理搭上了關係，現在在海川的民望很高，這才是對我們真正有威脅的人物。」

「我知道，我已經在注意胡俊森了，只要他有什麼風吹草動，我會及時跟您彙報的。」林蘇行回說。

姚巍山對林蘇行跟他這麼有默契很滿意，說：「嗯，很好，老林，你做得不錯。」

林蘇行說：「市長，胡俊森現在勢頭正旺，您不好對他怎麼樣，但是也不能就這麼放任他不管吧。」

姚巍山看了林蘇行一眼，說：「那你覺得我該怎麼辦？」

林蘇行想了想說：「對付不了他本人，起碼要想辦法剪除他的羽翼，讓他陷入到一種孤立無援的境地。」

姚巍山苦惱地說：「我也想過要從這方面下手，但是不太好辦，胡俊森的人脈基礎在海川新區，他用的那些人都是在原單位不受重用的人，因而胡俊森的提拔重用，讓他們對胡俊森都很忠心；這些傢伙也都不是好惹的，我如果動了他們的利益，恐怕不但起不到剪除胡俊森羽翼的效果，反而會惹上一身的麻煩。」

林蘇行聽了，說：「這的確不太好處理，那駐京辦那邊呢？胡俊森之所以這麼風光，很大程度是得益於傅華，他可是胡俊森十分強有力的臂助啊！」

姚巍山大嘆說：「他恐怕就更不好處理了，傅華現在在北京越來越有影響力了，就算是孫守義對他也是禮讓三分，所以能不惹他還是儘量別去惹他為妙。」

林蘇行解釋說：「我的意思不是現在就要去惹傅華，而是要打破傅華完全掌控駐京辦的這個局面。如果不想辦法打破這個局面，駐京辦就成了傅華的家天下了。這個地方本來是應該對您很有幫助的才對，結果卻是在幫助你的對手胡俊森，這顯然對您很不利啊。」

姚巍山沉吟了一下，問計說：「老林，你對打破這個局面有什麼想法嗎？」

林蘇行露出詭譎的表情，說：「我的意思是，能不能給駐京辦摻點沙子進去，那樣我們對駐京辦的情況就能掌握得更多一些，等時機合適的時候，再來想辦法換掉傅華。」

第七章

自討沒趣

這個傅華果然是來找麻煩的，姚巍山心中彆扭了一下，
對傅華用這種不敬的口吻跟他說話讓他很不舒服，
表面上卻還得假面地應付他，因為現階段他無法把傅華怎麼樣，
既然不能把他怎麼樣，那還是不要自討沒趣的好。

海川大廈，傅華辦公室。

上午九點，傅華接到余欣雁的電話，余欣雁說她已經看完傅華帶去的資料，有些細節想當面和傅華瞭解一下，問傅華現在有沒有時間。

傅華立即說：「我現在有空，你過來吧。」

放下電話，傅華把湯曼叫了過來，說：「小曼，一會兒中衡建工的余助理要過來，她想再多瞭解一下天豐源廣場和豐源中心這兩個項目的情形，你準備一下，到時候跟我一起接待她。」

傅華讓湯曼跟他一起接待余欣雁，一來是因為余欣雁是員女將，跟他又不是很熟，讓湯曼參與進來，相對方便一些；二來他想讓湯曼作為代表，以後負責跟中衡建工的聯絡工作。

湯曼答應說：「好的傅哥，我去準備一下，余助理來了，你再叫我好了。」

半個多小時後，傅華辦公室的門被敲響了，余欣雁開門走了進來，傅華趕忙迎過去，跟余欣雁握了握手，招呼說：「余助理，快請坐。」

傅華把余欣雁請到沙發上，然後對余欣雁說：「你先等一下，我把我的助手叫過來，有些項目的事情她比我更瞭解一些。」

余欣雁卻說：「傅董，您先不要急著叫您的助手來，有幾句話我想先跟您單獨談談。」

傅華說：「行啊，你請說。」

余欣雁用一種詢問的表情說：「傅董，我想請問您，您判斷一個人的能力是依據什麼？」

傅華立時愣了一下，他搞不清楚余欣雁為什麼突然這麼問，就說：「當然是看這個人處理事情的能力如何了。」

余欣雁有些挑釁地看著傅華說：「傅董，好像不是這樣吧？我怎麼覺得您是根據那個人的性別來判斷他的能力的。如果是男人，你就本能的認為他有能力，女人你就認為她不行，無法負起全面的責任。」

傅華不由得大窘，立即知道余欣雁這麼說的原因了，她是對他那天提出對她的質疑表達不滿。想想他也是有些愚蠢，明知倪氏傑跟這個女人關係不單純，還傻乎乎的在倪氏傑面前質疑她。

他尷尬地說：「倪董都跟你說了？」

余欣雁點點頭，說：「是的，倪董提醒我要加倍的努力，好好完成這次的任務，千萬不要讓您失望。」

余欣雁的話讓傅華越發的尷尬，只好趕緊圓場說：「余助理，倪董是對我的話有些誤會了，我的意思不是懷疑你的能力，而是覺得你以前可能從沒負責過這麼大的項目，恐怕欠缺這方面的經驗。」

余欣雁反駁說：「傅董，我覺得您這個解釋很難站住腳，據我所知，您在做這兩個項目前，也從未負責過這麼大的項目，您為什麼沒有因為這個對自己失去了信心，從而放棄這兩個項目呢？」

傅華就有點難以自圓其說了，心裏覺得余欣雁有些難纏。他乾笑了一下，說：「余助理，如果我那樣說冒犯了你，好吧，我跟你道歉，這總可以了吧？」

傅華以為他都開口道歉了，余欣雁就應該適可而止，沒想到余欣雁卻不肯就此甘休，搖搖頭說：「不可以，我覺得您的道歉一點誠意都沒有，您沒有認識到您這樣根本就是性別歧視，如果您對此不深刻反省，恐怕我無法跟您配合這個項目。必要的話，我會跟倪董說，讓他換人負責這個項目。」

傅華有些傻眼，余欣雁是倪氏傑寵信的人，如果退出的話，勢必會讓項目橫生變數，倪氏傑還肯不肯跟他合作就很難說了。他本來以為跟中衡建工的合作沒什麼問題了，沒想到卻在這個花瓶一樣的女人身上出了麻煩。

傅華看了一眼余欣雁，心說：這個漂亮的女人還真不是省油的燈啊，而且還很善於利用情勢，現在這種狀況下，他別無選擇，只能向她低頭了。

傅華心裏嘆道：「算了算了，還是好好跟她道歉吧。」就笑笑說：「對不起啊，余助理，我不該因為你是個女人，就對你的能力產生質疑，我誠心地向你認錯。」

余欣雁毫不客氣的說：「您知道錯了就好。還有，傅董，以後您如果對我有什麼看法，可以當面說，我最討厭那些在背後嚼別人舌根的人了。」

傅華又被嗆了一下，然而余欣雁的話都在理上，讓他無法反駁，只能尷尬地說：「余助理，你批評的是，我以後會注意的。」

余欣雁這才滿意地說：「這還差不多。」

這時，湯曼敲門走了進來，看到余欣雁愣了一下，轉頭問傅華說：「傅哥，這位小姐是不是就是你說的那位余助理啊？」

傅華正被余欣雁搞得十分狼狽，湯曼進來剛好替他解了圍，趕忙說：「是的，這位就是中衡建工的董事長助理余欣雁小姐；余助理，這是我的助手湯曼。」

湯曼和余欣雁握了握手，歡迎說：「余助理，很高興認識你，想不到你這麼年輕漂亮啊。」

余欣雁笑笑說：「湯小姐，你也很漂亮。」

湯曼說：「余助理既然來了，我們是不是可以開始了？」

余欣雁點點頭說：「可以啊。」

「那請你等一下，我去把資料拿過來。」湯曼就離開傅華的辦公室去拿資料了。

余欣雁忍不住譏刺說：「真是令人意外啊，我本來還以為您的助手是個又老又醜的男人呢，哪知道居然是位如花似玉的女孩子。」

傅華說：「這起碼可以證明我沒有歧視女人了吧？」

余欣雁笑了一下，說：「這就很難說了，誰知道您對這位漂亮的女助手存著什麼心思啊。」

傅華苦笑說：「千不該萬不該，我不該在倪董面前多那幾句嘴，搞得我現在好像成了十惡不赦的壞人了。」心裏卻想：你倒是有臉說別人，如果不是你跟倪氏傑有特別的關係，身後有倪氏傑撐腰，敢這麼來要脅我嗎？

余欣雁絲毫不讓地說：「您也知道不該多嘴啊？一個大男人嘴那麼碎，真是很令人討厭。」

傅華尷尬地沒再說什麼，心想這女人還真是得理不饒人。幸好湯曼拿著資料回來了，余欣雁就開始進入正題，詢問起關於項目的事，不再聲討傅華了。

事實證明，余欣雁的確是有真本事的，一談起公事，余欣雁立即就展現出專業的一面，要不是傅華和湯曼早就做足了功課，恐怕許多問題都答不上來。

余欣雁足足問了兩個多小時才結束問話，然後對傅華說：「傅董，不知道我今天的表現有沒有讓您失望啊？」

這女人還真是會記仇，果然女人是不能輕易得罪的。傅華乾笑了一下，說：「余助理的表現實在是太優秀了，我又怎麼會失望呢？難怪倪董會那麼稱讚你，說你一定能負責好這個項目。」

余欣雁露出甜笑說：「那我就放心了，我還真擔心表現得不夠好，辜負了傅董給我的這個機會呢。」

傅華客套地說：「余助理太客氣了，是中衡建工給我們公司機會才對。」

到此，余欣雁算是達到了此行的目的，就告辭準備離開。傅華看了看時間，說：「余助理，現在已經是午餐時間，在這裏吃了飯再走吧？」

余欣雁婉拒說：「不好意思，傅董，我沒您這麼閒，中午我還約了人談事情呢，今天就這樣吧。」

傅華見余欣雁已經有了安排，也就不再挽留她，和湯曼一起送她上了車，在後面看著她離開了，這才轉身回海川大廈。

湯曼不禁讚嘆說：「傅哥，這個余欣雁真是不簡單啊，我本來以為她長得那麼漂亮，光靠臉蛋就可以吃得開了，不會有什麼真材實料，哪知道她做起事情來，真是有一套。」

傅華忍不住腹黑說：豈止是做事有一套，收拾起人來也有一套啊，我今天叫她收拾得都有些抬不起頭來了，便反駁說：「小曼，你不該這麼想才對，你就是又漂亮又有真材實料的啊！」

湯曼有些受寵若驚地說：「傅哥，你今天是怎麼了，你可是很少這麼誇獎我呢。」

傅華笑笑說：「這是事實啊，你今天表現得確實很好啊。」

湯曼嘆說：「可是我覺得自己離這個余欣雁還是有一段距離，這個女人才是才貌雙全。」

傅華評論說：「你們是各擅勝場吧，余欣雁優秀是優秀，但是也不是沒有什麼缺點，她有些太過於盛氣凌人了。」

下午，傅華去胡瑜非家，想從胡瑜非那裏瞭解關於睢心雄早年的經歷。

胡瑜非看到傅華，關心地說：「傅華，你來啦，熙海投資進展的如何了？」

傅華報告說：「目前還算是順利吧，我剛剛找到了一家承建公司，雙方正在協商如何合作呢。」

胡瑜非意外地說：「哪一家建商啊？」

傅華說：「中衡建工。他們的董事長答應我，願意全額墊資，幫我把項目給發展起來。」

胡瑜非聽了，說：「是倪氏傑啊。你可要小心點，這種大型國企內部都很複雜，爭權奪利的厲害，關係不是很好處理的。」

傅華笑說：「我只是想要他們墊資幫我發展項目，又不會參與到他們內部的事務當中去，所以複雜就複雜吧，與我無關。」

胡瑜非不以為然地說：「這可很難說，城門失火殃及池魚，他們內鬥厲害的話，說不定會影響到你的。」

傅華聳聳肩說：「就算是那樣，我也別無選擇啊，天豐源廣場和豐源中心這兩個項目需要的資金如此龐大，小一點的公司根本不敢接手，只有像中衡建工這樣中字頭的大型國企才有這個實力。」

胡瑜非點頭說：「這倒也是。」

「誒，胡叔，您對雎心雄早年的經歷熟悉嗎？」傅華切入了正題。

「可以算是熟悉吧，他發生的一些大事我知道，不過小事就難說了，我們並不是一個大院長大的，彼此的生活圈不是很近。咦，傅華，你問這個幹什麼？」胡瑜非納悶地問。

傅華嘆說：「是麻煩找上門來了，您還記得那時綁架我妻子和兒子那個姓齊的傢伙嗎？這個人好像是跟雎才燾一夥的，找上了我，威脅我說要為雎心雄的被抓報仇。」

胡瑜非回想說：「嗯，這個人我還記得，萬博跟我說過這個人，這傢伙叫齊隆寶，隸屬於秘密部門，還是個高官；其他的因為涉及到秘密部門，我就沒敢深查下去了。」

傅華無奈地說：「胡叔，我也不想碰這傢伙啊，但現在是他找上我了，我無法逃避。」

胡瑜非說：「那你現在查到了什麼嗎？」

傅華搖搖頭說：「這傢伙十分神秘，除了那些基本資料之外，其餘的我都查不出來。不過據我猜測，齊隆寶跟雎心雄的關係既然這麼鐵，應該是很早的時候就建立了，也許是小時的朋友或者是同學、戰友之類的，所以我想從雎心雄的經歷入手，看看能不能查到更多的訊息。」

胡瑜非思索著說：「肯定不是戰友，因為雎心雄沒有當過兵。別的倒是有可能，而且我推測這個齊隆寶很可能也是紅色世家子弟。」

傅華詫異地說：「胡叔，為什麼你會這麼認為？」

胡瑜非研判說：「因為這些秘密部門通常用的都是一些身分正統的世家子弟，齊隆寶能夠做到那麼高的位置，肯定是個很有來歷的人。」

傅華聽了，高興地說：「如果是這樣的話，那就更好查了，只要找到合適的人，肯定就能查清楚齊隆寶的真實身分。」

胡瑜非點了一下頭，說：「應該是的，這樣吧，我幫你找找跟雎心雄更熟的人問問，看看能不能發現點蛛絲馬跡。」

傅華感激地說：「那謝謝胡叔了。」

「不用客氣，現在的重點是，你就算查到了又能怎麼樣呢？齊隆寶既然是秘密部門的高官，可不是隨便什麼人就能動得了他的。」胡瑜非面有憂色地說。

傅華不打算把羅茜男想要對齊隆寶下殺手的事告訴胡瑜非，這是違法的手段，知道的人越少越好，胡瑜非知道後，絕不會同意他這麼做的。

傅華嘆說：「這我知道，雖然目前沒什麼好招數對付他，但是起碼我要查清楚這個對手的基本資料，做到知己知彼吧。」

胡瑜非的神情嚴肅起來，要不是楊志欣為了自身利益的需要，非要扳倒睢心雄，傅華也不至於惹上這個齊隆寶，這個麻煩，他和楊志欣要負上很大一部分責任，因此這個狀況他不能坐視不理，便問道：「傅華，齊隆寶找上你是多久的事了？」

傅華想想說：「也沒多久，大概是從睢心雄進入審判階段之後吧。」

胡瑜非聽了說：「我知道了，肯定是睢心雄看他的事即將塵埃落定，就把他的一些關係轉移給睢才燾，於是齊隆寶才找上了你。」

傅華點點頭說：「我也覺得是這個樣子，在那之前，睢才燾都是很老實的。」

胡瑜非責備說：「這件事你早就該跟我講的。」

傅華說：「胡叔，我知道你和楊叔也沒什麼好的解決方法，就想自己先試著查一下齊隆寶的底細，看看有什麼辦法好對付他。沒想到這傢伙行蹤十分詭秘，幾乎查不出什麼來。」

胡瑜非歉疚地說：「我和志欣雖然沒有什麼解決齊隆寶的好辦法，起碼能保護你一下吧？這件事我一定要跟志欣說，他不該放你身處險境不聞不問；雖然高層對睢心雄做出承諾，但是不代表睢心雄的人要傷害我們，我們也不能還擊的。」

傅華其實並不願意讓楊志欣插手這件事，那樣羅茜男想採用的激烈措施就無法使用了，何況楊志欣也無法保證一定能除掉齊隆寶，他的插手只會束縛他和羅茜男的手腳，卻無助於問題的解決。

傅華就說：「胡叔，您還是別跟楊叔說了，以楊叔的身分也不好插手這件事，您還是讓我自己想辦法吧。」

胡瑜非質疑說：「你自己想辦法，問題是你能解決得掉嗎？」

傅華說：「齊隆寶雖然可怕，卻也不是沒辦法對付他，只要能摸清他的底細，我就有辦法的。」

胡瑜非沉吟了一下，說：「我會盡力多找人幫你去查他的底細的，不過，眼下你的處境很危險，我不太放心啊。」

傅華判斷說：「眼下來看，齊隆寶一時半會還不會對我斷下殺手的，因為他想讓我把那兩個項目搞上軌道，然後讓睢才燾下山摘桃子。」

胡瑜非哼了聲說：「他想得倒挺美的！不過，這樣倒是給了你一點對付他的時間。」

傅華笑說：「是啊。誒，胡叔，有件事情我想拜託你。」

「什麼事情啊？」胡瑜非慈愛地看著傅華。

傅華說：「我想找個身手好一點的司機，有這樣一個人在我身邊，我的安全係數會大增的。」

胡瑜非爽快地答應說：「這個好辦，我讓志欣從豐湖省武警那兒給你找一個好手就是了。」

從胡瑜非那裏出來，傅華正想開車回駐京辦，手機響了起來，看看號碼是馮葵打來的，傅華趕忙接通了。

「什麼事啊，小葵？」

馮葵說：「雲中集團的項董來北京了，想約我們吃個飯，你晚上有時間嗎？」

傅華想了想說：「晚上倒是沒什麼安排，只是不知道項懷德為什麼要請我們啊？」

馮葵說：「這個他沒說，不過他請客的誠意倒是很足，特別預定了厲家菜呢。」

傅華聽了，不禁說：「這份誠意真是夠足的。」

傅華之所以說項懷德的誠意夠足，是因為厲家菜並不容易吃到。所謂的厲家菜，是清同治、光緒年間，內務府大臣厲子嘉後裔的私房菜。厲子嘉是大清的內務府都統，深受慈禧信任，御膳房每天的菜單都由他審批，慈禧吃的菜，他都品嘗過，他將菜譜牢記在心，回家後一一記下，晚年整理出一套菜譜，厲家菜由此而來。

厲家菜位於羊房胡同十一號，每天對外只做一桌菜，而且不能點菜，但是依然食客盈門，想吃到必須要提前半個多月前預定才行。項懷德遠在東海，能夠提前就把這桌菜定下來，怎麼說也算是誠意十足了。

馮葵說：「這麼說你願意去了？」

傅華笑說：「當然願意啦，項董是個很有意思的人，我也很想見見他。」

晚上，傅華便按照預定時間去了羊房胡同十一號。

厲家菜沒有招牌，只在小院門口掛個白底紅字的小燈箱，上書「羊房十一號」，此外沒有與餐館有關的任何標誌。餐廳內一張十人用的餐桌就占了屋內大半面積，牆上還掛著末代皇帝溥儀之弟溥傑所書「厲家菜」三個大字。

馮葵還沒有來，但主人項懷德已經到了。

傅華跟他握了握手，說：「項董，我來的路上不禁猜測，今天是您做東，您會點最便宜的菜還是最貴的菜？」

項懷德笑說：「你這是笑話那次馮董請客時我點了最貴的牛排吧？」

那次馮葵請客，項懷德說他不鋪張浪費，但點菜時，卻點了最貴的牛排，馮葵便取笑他只為自己節省，卻一點不為別人節省。

馮葵這時也到了，附和說：「項董，傅華不是笑話您，而是好奇。說實話，我也很好奇您會做出怎樣的選擇。」

項懷德說：「我已經告訴過你們我點菜的理念了，在最好的飯店，當然要點最頂級的美食，所以你們今天有口福啦，我點了最貴的一桌，滿意了吧？」

傅華說：「當然滿意，不過項董，為什麼您今天會這麼捨得啊？」

項懷德笑笑說：「當然是有原因啦，告訴你們一個好消息，雲中集團下周就要在香港借殼上市了，你們很快就會在香港股市上看到雲中集團這個名字了。」

馮葵驚呼說：「這可是大喜事啊，確實值得項董您下這麼大的本錢請客。恭喜您了。」

項懷德高興地說：「這還要感謝傅主任，沒有他幫我牽線，介紹我認識江宇先生，我也許到現在還摸不著公司上市的頭緒呢。」

傅華趕忙揮手說：「項董您客氣了，我只不過是介紹您認識江宇先生而已，算是個中間人，其他方面一點作用都沒有的。」

項懷德搖頭說：「你能讓我認識江宇，這就幫了我很大的忙了。我對你十分感激啊。來傅主任，第一杯酒我一定要敬你。」

傅華也很替他高興，就說：「項董，就不要說什麼敬不敬了，您這樣說我會不好意思的，您的雲中集團能夠上市，我和馮葵都和您一樣高興的，來，我們共飲吧。」

放下酒杯後，項懷德看著傅華和馮葵，說：「下周兩位能不能在百忙中抽出一點時間，去香港見證一下雲中集團成功登陸香港股市啊？」

傅華愣了一下，沒想到項懷德會邀請他和馮葵一起去香港。他和馮葵很少一起出現在公眾場所，如果他和馮葵共同出席的話，會不會引起馮家人的注意呢？

傅華轉頭看了一眼馮葵，想看看馮葵對此是什麼態度，只見馮葵爽快地答應說：「好啊，我會去給項董捧場的。」

「項董啊，我……」傅華正想推拒時，項懷德打斷了傅華的話。

「傅主任，您可千萬別拒絕我，不僅僅是我，江先生也說要邀請你去香港，他還跟我開玩笑說，如果你不去，讓我把你綁也要綁去。傅主任，你不希望我對你動粗吧？」項懷德很誠摯地說。

傅華有些為難地說：「那倒沒必要，不過項董，我還有駐京辦主任這一層身分，不能隨便就離境去香港的。」

項懷德立即說：「這我知道，不過你可以請假的嘛。馮董都要去捧場了，你就和她做個伴，一起去湊湊熱鬧吧。」

傅華推辭說：「項董，我恐怕真是無法抽身，您可能還不知道，我現在剛組建了一家投資公司，正要啟動項目，千頭萬緒，很多事情要忙，這時候確實走不開啊。」

項懷德裝出生氣的表情說：「傅主任，你這就太不給面子了吧？放心，不會佔用你太多時間的，兩天時間就可以了。馮董，你也別光在旁邊看著，幫我勸一下傅主任嘛。」

馮葵就對傅華說：「傅華，項董是一片誠心，你就去走一趟吧。人也要有勞有逸，別一個勁的悶在工作裏，就當去放鬆一下好了。」

項懷德敲邊鼓說：「是啊，傅主任，你就答應我吧！如果你再不答應，那我只好讓江先生親自打電話請你了。」

傅華聽馮葵的意思是希望他陪同，他也不想驚動江宇親自出面邀請他，只好勉為其難地說：「項董，這樣吧，我跟市裏請假看看，如果市裏准我假，我就去，好不好？」

項懷德看了傅華一眼，笑說：「傅主任，你可別到時候故意說請不下假來啊。」

傅華趕忙說：「不會的。」

晚宴結束後，傅華和馮葵一起回馮葵家，傅華問馮葵說：「小葵，你真的希望我和你一起去香港嗎？」

馮葵說：「當然願意啊，老公，我覺得你最近的壓力好大，這兩天去香港就當度假好了。」

傅華追問：「那如果別人發現我們的關係了呢？」

馮葵不以為意地說：「項董一定會分別安排我們的住宿的，我想沒有人會知道我們的關係的。」

傅華不放心地說：「可是不怕一萬，就怕萬一啊。」

馮葵埋怨說：「老公，你別那麼小心了好不好？如果我們老是活在怕這怕那的氛圍中，那會活得很累的，我們在一起是為了能夠給對方帶來快樂，而不是自尋煩惱的。」

聽馮葵這麼說，傅華也就不好再說什麼，只好點點頭說：「好吧，那我就陪你去一趟香港好了。」

第二天，傅華就打電話給曲志霞請假，說有私人行程要去香港一趟。

曲志霞立即准假了，說：「行，你去吧。對了，傅華，你那個熙海投資進行得怎麼樣啦？」

傅華回說：「還算順利。剛剛找到合作的公司，願意幫我全額墊資發展項目。」

曲志霞稱讚說：「不錯啊，市裏有好些人對你能不能發展好那兩個項目有很大的疑慮，說你不自量力，居然想發展幾十億的項目，但我知道你一定有能力能把熙海投資給發展好的。」

「謝謝您對我這麼支持。」傅華感激地說。

曲志霞笑笑說：「傅華，你我之間就不用這麼客套了。誒，你接觸過新來的副秘書長林蘇行嗎？」

傅華說：「沒有啊，他怎麼了，曲副市長？」

曲志霞好意地提醒說：「這個人因為跟我配合，所以我跟他的接觸很多，我感覺他是挺陰險的一個人，你對他要小心一些。」

傅華不以為意地說：「我和他扯不上什麼關係吧？我也掛了一個副秘書長的銜，理論上我和他是平級的，他管不到我頭上來的。」

傅華也掛了一個副秘書長的銜，這要感謝金達，當時金達為了感謝傅華對他的幫助，所以也讓他掛了個副秘書長的虛銜。

曲志霞卻意有所指地說：「傅華啊，不一定是要能管到你，才能對你不利的。」

傅華不禁愣了一下。因為他幫曲志霞解決了涉及吳傾命案的事，曲志霞十分感激傅華，因此現在特別提醒他要注意林蘇行，一定是她確切感到了林蘇行對他有什麼威脅才會這麼說。

「曲副市長，您是不是聽到林副秘書長說什麼不利我的話了？」傅華問。

曲志霞說：「他沒有說什麼對你不利的話，反而說了些關心你的話。」

「關心我的話？」傅華詫異地說：「他說了什麼關心我的話了？」

曲志霞透露說：「他在我面前誇獎你，說你有能力，既要負責駐京辦的工作，又要發展熙海投資幾十億的項目，一心二用，還能各方面照顧得周全，實在很不容易；他擔心你的身體能不能承受得住這麼強的負荷。傅華，你聽懂他的意思了嗎？」

傅華猜測說：「我明白了，他這是在製造輿論，好讓人認為我負責的工作太多，將來如果某位領導想要找人分擔我的壓力，就是順理成章的了。」

傅華心中警惕起來，林蘇行製造他工作太多的輿論，就是在為姚巍山拿掉他部分職務做準備的。想不到姚巍山竟然開始打他的主意了，這八成與他安排胡俊森拜見楊志欣有關係。

胡俊森因為搞出一個選舉跳票，讓姚巍山對他有了很大的心結，格外的看胡俊森不順眼；自己偏偏在這時候安排胡俊森去見楊志欣，給了胡俊森很大的助力。官場上向來是敵人的朋友就是敵人，看來姚巍山已經視自己為仇敵了。

儘管有了熙海投資，但是傅華並不認為駐京辦對他來說是可有可無的，尤其是熙海投資項目發展還沒走上軌道，齊隆寶又在暗處對他虎視眈眈的這個時刻，一個穩固的基地對傅華來說是格外珍貴的，因此傅華從未想將駐京辦這一塊拱手讓出。

傅華在心裏冷笑一聲：姚巍山！你與我為敵可是大錯特錯，我可不是你能惹得起的，你別惹惱我，惹惱了我，我也能把你的市長位子給搞掉。

不過傅華也看出姚巍山並不敢直接跟他發生衝突，林蘇行製造輿論，可能只是一種試探性的動作。但是即使是試探性的動作，傅華覺得也不能就這麼放任處之，否則一旦形成姚巍山和林蘇行想要的那種輿論氛圍，那他再想要保住駐京辦這塊陣地就要費些周折了，最好是能夠把這種苗頭摁死在萌芽當中。

現在的傅華已經意識到，有些事是不能回避的，越是因為害怕對手而去回避，將來因此而造成的麻煩就越大。傅華心中有了計較，準備找個機會去跟姚巍山談一談。

曲志霞見提醒的目的達到了，就說：「你心中有數就好，掛了啊。」

結束了跟曲志霞的通話，傅華就立即撥電話給姚巍山。

「傅主任，找我有什麼事嗎？」姚巍山貌似親切地說。

傅華說：「我想把駐京辦的工作跟您彙報一下。」

姚巍山詫異地想：平時駐京辦是由曲志霞分管的，傅華跟他的關係並不密切，也很少有這種越級彙報的情形發生，他知道傅華絕不會好心的要主動向他彙報工作，裏面一定有什麼原由，便說：「怎麼了傅主任，駐京辦的工作不是由曲副市長負責的嗎？你要彙報工作，跟曲副市長彙報去啊？」

傅華笑笑說：「通常的情況下，我是應該跟曲副市長報告的，但我聽說您好像對我在駐京辦的工作有些不滿意，所以就想聽取一下您對駐京辦工作的指示，看看究竟我是哪方面的工作做得不好，好及時改正。」

這個傅華果然是來找麻煩的，姚巍山心中彆扭了一下，對傅華用這種不敬的口吻跟他說話讓他很不舒服，表面上卻還得假面地應付他，因為現階段他無法把傅華怎麼樣，既然不能把他怎麼樣，那還是不要自討沒趣的好。

姚巍山就笑了一下，說：「傅主任，這裏面是不是有什麼誤會啊？我可從來沒對駐京辦的工作說過什麼。」

「沒有嗎？」

傅華故意說：「那我怎麼聽說林副秘書長對駐京辦的工作發表了不少看法，我以為是您讓他那麼說的呢。」

原來是林蘇行說的話讓傅華有看法了，沒想到傅華倒挺有警覺的，林蘇行才剛放出幾句話，就讓他嗅到危機。

姚巍山立即否認說：「傅主任，你誤會了，我可沒讓林副秘書長說駐京辦什麼。」

傅華笑笑說：「這麼說，林副秘書長的意思不是您的意思了？我還以為他是在替您表達對我主持駐京辦工作的不滿呢。」

姚巍山立即否認說：「傅主任，你誤會了，我可沒讓林副秘書長說駐京辦什麼。」

傅華笑笑說：「這麼說，林副秘書長的意思不是您的意思了？我還以為他是在替您表達對我主持駐京辦工作的不滿呢。」

姚巍山乾笑說：「他是他，我是我，我從來可沒說他可以替我對外表達什麼意見的。」

傅華暗諷說：「那對不起了，姚市長，是我誤會了，我還以為您把林副秘書長從乾宇市調過來，他就是您的人，他的話就代表您的意思了，原來不是這個樣子。」

姚巍山心中暗自惱火，他知道傅華是故意這麼說，意思是要逼他否認林蘇行是他的人，否認林蘇行的意思就是代表他的意思；他如果否認的話，那林蘇行在市政府的地位肯定會遭受到打擊，因為很多人是因為他才高看林蘇行的。但是如果承認的話，不但讓他的說法前後矛盾，而且直接把他放在了跟傅華對立的位置上。這又是目前姚巍山不想看到的局面。

姚巍山只好回避地說：「當然不是了，難道說林蘇行同志對外宣稱他是可以代表我說話的嗎？」

傅華笑了一下，說：「那倒沒有，不過，他到處指手畫腳的做法，卻很容易讓人產生這種誤會。市長，他是您從乾宇市調過來的，您還是找機會說說他吧，今天也是遇到了我，瞭解您是一位睿智的好領導，不會對您有什麼誤會，換到別的同志，說不定會因此對您有什麼不好的看法呢。」

哼！你這是在故意指著和尚罵禿子教訓我嗎?!然而姚巍山說不出反駁的話來，還得陪笑著說：「這個蘇行同志啊，怎麼可以這樣呢，我當初是見他還算勤勉，海川又正好缺一個副秘書長，就把他調了過來，想說熟悉的人互相也好配合工作，哪知道他居然這麼行為不謹慎，回頭我會說他的。」

「行啊，市長，我相信您說了他之後，他會改正自己的錯誤的。」傅華心裏暗自好笑地說。

第八章

身陷險境

羅茜男駁斥說：

「傅華，你在我面前就別裝了好嗎？不是你的老情人，

你有必要緊張到拿讓睢才燾陪葬的話來嚇唬姓齊的嗎？」

傅華嘆說：「反正我是不會去接觸喬玉甄的，

這個姓齊的太危險，我不能讓她身陷險境。」

轉天，胡瑜非帶著一個很壯實的年輕男子來到駐京辦，對傅華說：「傅華，這是志欣給你找來的司機。」

傅華看了年輕男子一眼，男子二十三四歲的樣子，中等個子，肩膀十分厚實，看上去就是受過訓練的樣子。這樣一個人在身邊保護他，他感覺十分安心，就問年輕男子道：「你叫什麼名字啊？」

年輕男子啪的一聲敬了個禮，說：「報告首長，我叫王海波。」

傅華笑說：「你不用這麼嚴肅，我也不是什麼首長，我姓傅，是海川駐京辦的主任，以後你就叫我傅主任好了。」

王海波點了點頭，說：「傅主任好。」

傅華說：「你等一下，我找人給你辦入職手續。」

傅華就打電話把湯曼叫了過來，讓湯曼帶王海波去辦手續。

胡瑜非對傅華說：「這個王海波是豐湖省武警總隊今年才剛退役的班長，在武警總隊開過三年的車，怎麼樣，還滿意吧？」

傅華笑說：「我相信楊叔挑選的人，一定是優中選優的。」

胡瑜非說：「這倒是不假，志欣聽說你想請個人，特別打電話給豐湖省武警總隊的司令員，讓他挑選一個最好的人手送過來。」

傅華說：「胡叔，您替我謝謝楊叔。」

胡瑜非義氣地說：「謝他幹嘛啊，這個麻煩本來就是他給你惹出來的，他安排一個好手給你做司機也是應當的。況且，就算是這樣，我也還是擔心難以保證你的安全的。」

傅華說：「再多的人也無法保證百分之百安全的，但是有這麼一個人在中間做緩衝，齊隆寶再想對我下手，就必須要多考慮一些，目前看來，這算是一個最妥當的安排了。」

胡瑜非點了一下頭，說：「當下也只好先這個樣子了。司機的問題算是解決了，不過，你讓我去查齊隆寶的事卻沒有這麼順利。我找了跟睢心雄從小一起長大的朋友，也找過他的同學，據他們回憶，跟睢心雄關係密切的人當中，沒有姓齊的；離奇的是，跟睢家關係很近的紅色家族當中也沒有姓齊的人家。」

傅華有些錯愕，胡瑜非都查到這一步了，齊隆寶應該無所遁形才對啊，怎麼會沒有這個人呢？這就奇怪了，從齊隆寶跟睢才燾的交情深厚這一點來看，他應該就在胡瑜非調查的這些人當中才對。除非齊隆寶並不叫齊隆寶，這只是一個化名。

傅華趕忙提出他的想法，說：「胡叔，有沒有可能他並不叫這個名字，是到秘密部門工作後才改成這個名字的？」

胡瑜非聽了說：「這當然是有可能的。不過，如果是這樣的話，我們對他的調查就會變得毫無頭緒了。」

傅華無奈地說：「難道我們真的就拿他沒辦法了嗎？」

胡瑜非勸慰說：「你先別急，我會繼續查下去的，我就不信找不出這個傢伙來。」

下午，傅華讓王海波開車送他去豪天集團，他要去香港之前，最好先跟羅茜男說一聲。

坐上王海波開的車，傅華就知道王海波果然是一把開車的好手，車開得又快又穩。

到了豪天集團，傅華讓王海波在下面等候，自己進了辦公大樓。

羅茜男正在辦公室，看到傅華說：「你最近跑我這兒倒是挺勤的啊。」

傅華說：「我要去香港兩天，所以跟你打聲招呼。」

羅茜男調侃說：「去香港幹什麼啊，該不是北京這邊玩不下去，想要跑路了吧？」

傅華笑了起來，說：「那我怎麼捨得啊，特別是還有你這位美女在呢。」

羅茜男嗤了聲說：「就知道你狗嘴裏吐不出象牙來，趕緊說，你究竟是去幹嘛的？」

傅華解釋道：「一個朋友的公司要在香港上市，讓我過去見證一下。」

羅茜男取笑說：「你倒挺有閒情逸致的啊，自己的事都還忙不過來，還跑去管別人公司上市。話說你和中衡建工的合作究竟談得怎麼樣了？」

傅華沒有馬上回答羅茜男的話，反而盯著羅茜男看了半天，納悶地說：「等一下，我怎麼覺得你今天似乎哪裏有些不對勁啊？」

羅茜男被傅華看得有些不自信起來，說：「不是我的妝有點花了吧？」

羅茜男說著，就打開皮包，拿出化妝用的鏡子，照了一下自己的臉，納悶的說：「沒花啊？」

傅華沒想到羅茜男居然不避諱地在他面前照著鏡子，不由得笑說：「真是想不到啊，你居然還會照鏡子啊。」

羅茜男瞪了傅華一眼，說：「滾一邊去，我是個女人，當然會照鏡子化妝什麼的啊。」

傅華裝作害怕地說：「我很少感覺到你是個女人，只覺得你兇起來比男人都兇。」

羅茜男眼睛瞪圓了，衝著傅華揮著拳頭說：「你是不是又想討打啦？」

傅華趕忙告饒說：「好好，我怕你了總行了吧？」

羅茜男哼了聲說：「這還差不多。喂，你究竟感覺什麼地方不對勁啦？」

傅華笑笑說：「我不是覺得你身上什麼地方不對勁，而是覺得今天你的辦公室好像少了什麼似的。哦，我明白了，今天這裏少了你那位英俊瀟灑的男朋友雎才燾了，按說我進你辦公室已經好幾分鐘了，他也該過來了。」

上回傅華來豪天集團，雎才燾不到一分鐘就跑過來，顯然是不放心他和羅茜男單獨待在一起，過來監督他們的。

羅茜男笑說：「今天你恐怕要失望了，你再等多久雎才燾也不會過來的，因為他根本就不在公司。」

傅華詫異地說：「真是稀罕，他怎麼沒待在公司監視你啊？」

羅茜男說：「你沒聽說嗎？雎心雄的案子明天要開始庭審了。這個案子並不是由北京市的法院審理，而是異地審判，被放在江北省，雎才燾今天就坐飛機去了江北省，準備參加他父親的庭審。」

傅華聽了說：「我說呢。咦，你怎麼沒陪他一起去啊？那可是你未來的公公，你總該去關心一下吧。」

羅茜男白了傅華一眼，沒好氣地說：「傅華，玩笑也要適可而止。你還是趕緊說你跟中衡建工的合作談得如何了吧！」

傅華笑笑說：「基本上都談好了，中衡建工願意全額墊資，不過要收百分之十三的利息補償金。」

「你真的談好了？」羅茜男有些不相信的看著傅華。

傅華笑笑說：「當然是真的，現在就差敲定一些合作的細節，然後正式簽訂合約了。」

「你真是太棒了！」羅茜男說著，興奮地當胸就給了傅華一拳。

傅華疼得咧嘴說：「羅茜男，你說話就說話，別打人行嗎？你知不知道你出手很重啊。」

羅茜男趕忙道歉說：「好好，對不起，我一時高興嘛。你也是的，一個大男人這麼不經打。」

傅華苦笑說：「你以為我像你一樣受過專門訓練啊？」

羅茜男陪著不是說：「好嘛，我都跟你道歉了，你就別生氣了。」

傅華無奈地說：「算啦，我不跟你計較了。誒，羅茜男，你最近調查齊隆寶有什麼進展沒有啊？」

羅茜男搖搖頭，嘆說：「沒有啊，這傢伙把自己隱藏的很好，我找了很多關係，但是根本就查不到這個人。」

傅華抱怨說：「那你還高興個什麼勁啊，你又不是不知道，這個項目走上正軌的時候，正是齊隆寶可能會對我們下手的時候。」

羅茜男的神色黯淡了下來，看著傅華說：「傅華，難道我們真的就拿這混蛋沒辦法了嗎？」

傅華心說：我要有辦法的話，也不會來求助於你了。便搖搖頭說：「目前看來，我們似乎拿這個齊隆寶沒什麼辦法，所以只好加強自身的安全，我已經找了一個武警出身的好手來做司機，你最好也請個能保護你的人在身邊，這樣萬一發生什麼緊急狀況，也可以有人幫你擋一下。」

「這個我會安排的。不過，也不能那麼便宜了雎才燾，憑什麼我們要受這麼大的壓力，他卻那麼輕鬆啊！我會交代下去，你和我不管是哪一個人，只要我們其中一個有個三長兩短的話，我一定要睢才燾陪葬不可。」羅茜男忿忿地說。

傅華看羅茜男一臉的殺氣，不禁心裏一寒，正想說些玩笑話緩和一下氣氛時，他的手機響了起來，竟然又是齊隆寶那個沒有顯示號碼的電話。

傅華這時再也控制不住自己的情緒，接通電話後，沒等對方說話，就開始破口大罵起來，把齊隆寶的祖宗八代都問候了一遍，直到他能想到的罵人的話都罵光了，這才停了下來。

話筒那邊撲哧一聲笑了，齊隆寶得意地說：「傅華，這一刻你是不是有要崩潰的感覺啊？」

傅華沒想到他臭罵一通之後，齊隆寶居然還能笑得出來，忍不住說道：「姓齊的，你是不是賤骨頭啊，我那麼罵你，你怎麼反而挺高興的樣子？」

齊隆寶厚著臉皮說：「罵我的人多了去，如果每個人我都要生氣的話，那我可能早就氣死了。你罵夠了嗎？罵夠了的話，我跟你說正事。」

傅華怒氣沖沖地說：「姓齊的，我跟你之間還有什麼正事可談的啊？」

齊隆寶發出奸笑聲，說：「當然有啦。誒，傅華，我聽說你要去香港？」

「是啊，怎麼了？」傅華回說。

「怎麼了你不知道？」齊隆寶陰惻惻地說：「你去香港不會是要找喬玉甄的吧？」

傅華心中一凜，沒想到他去香港居然會讓齊隆寶聯想到喬玉甄身上，趕忙解釋說：「姓齊的，你盯了我這麼久，應該知道我跟喬玉甄早就沒有聯繫了，我去香港是因為朋友的公司要在香港上市，請我去的。」

齊隆寶壞笑地說：「傅華，你是一個很狡猾的傢伙，我怎麼知道你去香港是不是明修棧道暗渡陳倉啊？我警告你啊，千萬不要以為你到香港我就監視不到了，香港那邊我也有人的，如果被我發現你跟喬玉甄還有什麼聯繫的話，我會先弄死喬玉甄的。」

傅華也不甘心老是這樣子被齊隆寶威脅，放出狠話道：「姓齊的，你不要老拿弄死這個弄死那個來威脅我，我告訴你，我身邊的人只要有什麼閃失，我一定會對你不客氣的。」

齊隆寶大笑了起來，說：「傅華，你別吹牛了好不好，你這些天忙東找西的，不就是想要摸清我的底細嗎？你摸清了嗎？到現在你連我的底細都搞不清楚，又拿什麼對我不客氣啊？」

傅華冷笑一聲說：「姓齊的，你也別這麼囂張，我可能沒辦法拿你怎麼樣，但是我可以對付雎才燾啊，只要我身邊的任何人受到了你的傷害，我可以想辦法除掉雎才燾，到那時候，我看你怎麼向牢裏的雎心雄交代。」

齊隆寶愣了一下，隨即說：「傅華，你敢嗎？」

傅華冷冷地說：「以前我是不敢，但是人一旦被逼急時，也就沒什麼敢不敢的了。你如果不相信的話，可以試試。」

齊隆寶沉吟了一會兒，隨即說：「你動雎才燾的話，我是有些不太好跟雎心雄交代，哼，看來我只好先把你除掉了。」

傅華鼓起勇氣說：「你有本事就來吧，我等著。」

齊隆寶陰陽怪氣地說：「你別心急，到時候我會讓你知道我究竟有沒有本事的。」

齊隆寶說完就掛了電話。

羅茜男在一旁看了看傅華，問：「這就是你說的那個傢伙？」

傅華點點頭，說：「就是他。」

羅茜男說：「那個喬玉甄是誰啊，我看你一副緊張的樣子，似乎跟你的關係很不一般啊。」

傅華說：「她是以前的一個朋友，香港來的，現在又回香港了。」

羅茜男又問：「那混蛋的意思似乎很怕你去香港接觸這個喬玉甄，為什麼啊？」

傅華解釋說：「這個喬玉甄跟過齊隆寶，算是他的下屬兼地下情人，可能知道許多齊隆寶的秘密吧。」

羅茜男聽了，猜說：「我知道了，你這次去香港，表面上是去給朋友的公司捧場，實際上是準備要去找這個喬玉甄的，對吧？」

傅華搖頭說：「你想錯了，我去香港單純就是去給朋友捧場的，行程內根本沒有安排要見喬玉甄，也從來都沒想過要把喬玉甄再扯進來。」

羅茜男斥責說：「你是不是傻了，姓齊的很可能會要你的命，這種狀況下，你還不趕緊找你的老情人打探一下他的底細？」

傅華說：「誰跟你說喬玉甄是我的老情人啦，我跟她就只是朋友。」

羅茜男駁斥說：「傅華，你在我面前就別裝了好嗎？不是你的老情人，你有必要緊張到拿讓睢才熹陪葬的話來嚇唬姓齊的嗎？」

傅華嘆說：「羅茜男，這你就不要管了，反正我是不會去接觸喬玉甄的，這個姓齊的太危險，我不能讓她身陷險境。」

羅茜男不禁說道：「可是，你可能會為此送掉自己的性命的。」

傅華嚴肅地說：「那也不行，我寧願把危險留給自己，也不願意那個混蛋去傷害到我的朋友。」

羅茜男聽了，幽幽的說：「傅華，你對你的女人就是這麼好嗎？」

傅華正色說：「羅茜男，跟你說了，她只是我的朋友。好了，你如果沒什麼事的話，我要回去了。」

羅茜男搖搖頭說：「我沒事了，你去香港的話要小心些，那個混蛋不是說他在香港也有人嗎？」

傅華說：「雖然他在香港也有人，但是在那裡，他們的實力不可能像在這裡這麼強大的，他不敢輕舉妄動的。我你就不要管了，還是趕緊安排好自己的保鏢吧。」

羅茜男忍不住反問了句：「傅華，你這是在關心我嗎？」

傅華沒有多想羅茜男這話有什麼不對勁，順口回說：「當然啦，我們現在是合作夥伴，我可不想你有什麼閃失。」

羅茜男不經意地露出微妙的表情，說：「對，我們是合作夥伴。」

三天後，傅華和馮葵連同項懷德一起飛往香港，入住了半島酒店。項懷德不知道馮葵和傅華真正的關係，因此分別安排了兩個單人房。

稍事休息後，上午十點，幾人跟江宇會合一起去了港交所，項懷德在港交所裏辦理了雲中集團上市的相關手續。

中午，項懷德在半島酒店舉行了慶祝酒會。江宇和呂鑫、黃易明等一干朋友都到場表示祝賀。

呂鑫見到久未見面的傅華，熱情地說：「傅先生，歡迎你來香港啊，我聽北京的朋友說，你把天豐源廣場和豐源中心這兩個項目給拿下了，手筆很大啊。」

傅華謙虛地說：「我不過是幫朋友管理一下熙海投資公司而已，真正的大股東不是我。」

呂鑫笑笑說：「不管大股東是誰，你是資產的實際管理者這就夠了，當初我就知道傅先生絕對是個能夠做出一番大事業的人，我果然沒看錯啊。」

傅華笑說：「呂先生真是高看我了，現在項目還是起步階段，我就已經感到千頭萬緒，應付不過來了。」

呂鑫以過來人的口吻說：「這很正常，一個項目最難的階段就是剛起步時，等一切上了軌道就輕鬆了。誒，傅先生，你來香港，有沒有打算見見老朋友啊？」

傅華愣了一下，看了看呂鑫說：「呂先生是說喬玉甄喬董？」

呂鑫點點頭說：「對，就是她，你要不要見見她啊？」

傅華心說：我是想見她，但是背後有一雙眼睛在盯著我，我如果見了她，會給她帶來一場災難的，便搖頭說：「算了，我這次的行程安排得很緊，抽不出時間來。誒，你最近見過她嗎，她還好吧？」

呂鑫說：「我最近見過她，她現在很好，你該去見見她的，她生了一個女兒，孩子很像她，別提多漂亮了。」

「女兒?!」傅華念叨了一下，腦袋隨即猛地震了一下，不由得想起他和喬玉甄分別時的春風一度，難道這個小女孩是自己和喬玉甄的女兒?算一算時間很有可能啊。

傅華強自鎮靜地問說：「原來喬董已經結婚了，不知道她嫁給誰了？」

呂鑫回說：「她沒有結婚，我只知道她生了個女兒，但她並沒有說這個女兒是跟誰生的。」

傅華心裏越發的緊張起來，說：「那呂先生沒問她誰是這個小女孩的父親啊？」

呂鑫笑說：「你知道，我們香港人很注重隱私的，雖然我也很好奇，但還是不能亂問的。」

這不禁讓傅華很想馬上見到喬玉甄，當面問喬玉甄這個小女孩是不是他的女兒。然而，在這種狀態下，只會給母女倆帶來極大的危險，只好強自按下想要見喬玉甄的念頭，裝作若無其事的說：「原來是這樣啊，現在這個時代，女人都很獨立，喬董可能覺得她自己也能照顧好女兒吧，所以也無所謂孩子的父親是誰了。」

呂鑫看了傅華一眼，似乎想說些什麼，最終還是忍住了沒有說出來，隨即說：「就喬董的能力，她的確是不需要一個男人跟她一起撫養女兒的。」

這時，黃易明走了過來，跟傅華握了握手，說：「傅先生，你跟呂先生在聊什麼呢？」

傅華笑笑說：「在聊過去北京認識的一位老朋友。誒，黃董，尹導演那部新戲還沒殺青啊？」

黃易明說：「還早呢，傅先生怎麼這麼關心尹導演的新戲啊？」

傅華說：「也不是關心，只是最近經常在報紙上看到尹導演這部新戲的報導，說這部新戲是大製作、大卡司，為電影界開創了一個新的里程碑，還讓人猜這部新片的名字，我難免就有些好奇心，想看看這是一部怎樣的片子了。」

黃易明笑說：「這些都是公司為這部戲做預熱炒作的，至於猜名字，那是尹章玩的噱頭之一。公司對尹章這部新戲投入很大，所以必須要有一些炒作手段，否則恐怕很難收回成本。」

傅華讚美說：「黃董真是太謙虛了，天下娛樂再加上尹大導演這兩塊金字招牌，製作出來的一定是精品，我相信這部影片一定會大賣的。」

黃易明聽了笑說：「傅先生，你好像忽略了一點啊，這部戲的女主角是許彤彤小姐，許彤彤的清新形象也會是這部影片大賣的一個因素的。」

「黃董，您這就不懂了，」馮葵這時走過來，插嘴說：「人家是故意忽略的。心理學家不是說嗎，一個人故意忽略的人和物，往往是他心裏最在意的。」

黃易明立即笑著附和說：「對對，難怪傅先生會這麼關心這部新片，原來是關心許彤彤小姐啊。」

傅華百口莫辯，只好搖搖頭說：「黃董，小葵是瞎起鬨的，您怎麼也跟著湊熱鬧啊？」

黃易明一副曖昧的表情說：「這不算起鬨吧，男人愛慕貌美的女子也不是什麼見不得人的事。許彤彤最近才被一家媒體評為是本年度最清純的女星，你喜歡她再正常不過了。」

呂鑫也說：「對啊，男人就是這樣的嘛，即使到了我這把年紀，看到美女，心裏都難免會有些蠢動，更何況傅先生這種正值盛年的男人啊。」

傅華真是哭笑不得，嘆說：「呂先生，您怎麼也跟著他們拿我尋開心啊。」

呂鑫笑笑說：「傅先生，其實我是羨慕你啊，正是大好年華，可以去愛慕美女，也有美女愛慕你，是人生春風得意的時候啊。」

傅華說：「呂先生，您和黃董也不老啊。」

黃易明嘆說：「我和呂先生是不服老，不過自己很清楚，我們已經到了往後使勁的年紀了。誒，不說笑了，傅先生，你和小葵明天有沒有空啊？你們難得來香港一趟，我想請你們吃頓飯。」

傅華婉謝說：「謝謝黃董的一番美意，不過我只請了兩天假，所以我和小葵明天必須要飛回去了。」

黃易明詫異地說：「這麼匆忙啊？」

傅華苦笑了一下，「沒辦法，官身不由人啊。」

黃易明聽了，只好作罷說：「那看來我們以後北京再聚啦。」

酒會結束後，呂鑫和黃易明先後離開，項懷德忙碌了半天也有些累了，就回房間休息了。傅華本來也想回房休息一下，但馮葵說香港是購物天堂，非要拖著傅華去逛街不可。

傅華拗不過，只好答應下來。

兩人一走出酒店，馮葵就伸手挽住了傅華的胳膊，傅華呆了一下，說：「小葵，這是大街上，我們這個樣子不好吧？」

馮葵撒嬌說：「你這個傻瓜，這是香港，誰認識你和我究竟是何方神聖啊？你怕什麼？」

傅華心想：我背後還有一雙眼睛在盯著我呢！不過，他也不想掃了馮葵的興致，就聽憑馮葵挽著他的胳膊，兩人一起逛起街來。

香港不愧是購物天堂，隨處可見國際級的品牌專賣店、連鎖店，街上的人群川流不息，人們手中拎著大包小包，大多都是來香港遊玩的旅客。

兩人一直逛到晚上十點才回到酒店，馮葵滿載而歸，傅華就幫馮葵把東西送進房間，正想回自己的房間時，馮葵拉住了他，甜笑說：「老公，幸好答應了項董來香港，我很享受這種能和你在大庭廣眾下一起逛街的感覺。」

傅華也很喜歡這種輕鬆的感覺，沒有人認識他們，他們可以無拘無束的相處，而不用擔心會洩露他們的關係。

傅華說：「我也很享受這種感覺，誒，逛了大半天，你也累了，早點休息吧。」

馮葵挽留說：「要不今晚你留在這裏陪我吧，別回你的房間了？」

傅華遲疑了一下，想想說：「還是不要了，讓項董發現就不好了。反正我們明天就回去了，也不差這一天是吧？」

馮葵沒有堅持，順從地說：「行，我確實也有點累了，我們還是分開休息好了。」

傅華就回到自己的房間，簡單的洗漱了一番，就準備上床休息。

他掀開床罩，就見床罩下面竟然放著一套藍色的工人服。傅華愣了一下，心想：搞什麼啊，還五星級酒店呢，床都沒收拾好，怎麼會有一套工人穿的衣服在這裏呢？傅華伸手將衣服拿起來，準備放到一旁的沙發上去，這才發現衣服下面還放著一張字條，他意識到這套衣服並不是酒店的疏忽，而是有人故意為之的。

傅華趕忙拿起紙條一看，只見上面寫著：「想知道女孩的父親是誰嗎？換上這套衣服，坐貨梯到酒店後門，那裏有一輛麵包車在等你，它會帶你去尋找答案的。」

傅華愣住了，這張紙條說明了在他不在酒店的這段時間，有不速之客進過他的房間，留下了這套衣服和字條。看這情形，留紙條的人似乎是想安排他去見喬玉甄。

紙條提到了女孩的父親，傅華猜想很可能是呂鑫做的安排，因為只有呂鑫在他面前提過喬玉甄生了一個女兒的事。不過，這會不會是齊隆寶設下的圈套呢？好把他誘騙出去?!

究竟去還是不去？傅華眉頭深皺思量著，如果他不知道喬玉甄生了女兒，他一定會選擇不去的。因為當初喬玉甄跟他說過，他們之間就當做什麼都沒發生，將彼此視為是個不相識的路人，所以他們不該再見面。

但是知道喬玉甄生了一個女兒，一切都因此改變了，傅華很想知道這個小女孩到底是不是他的骨肉，而要知道這些，就必須當面去問喬玉甄！

思量再三，傅華還是決定要冒一下這個險。就換上了工人服，從貓眼裏往走廊上看了看，確定走廊裏沒有可疑的人了，這才閃出房間，快速上了貨梯直達底層，然後從後門出了酒店。

後門的一側，果然有一輛麵包車停在那裏，看到傅華，麵包車立即發動起來。

傅華趕緊上了車，麵包車的司機是個三十幾歲的男人，面相兇惡，傅華看到男人的樣子，心裏直打鼓。男人看到傅華，也沒講話，車子隨即往外開去；這時候，他也只能賭一把了。

司機在開車的過程中，不時地看著照後鏡，觀察有沒有車子在跟著他們。

半個多小時後，車子停在一棟大廈的後門，司機遞了一張紙條給傅華，紙條上寫著：「坐貨梯上十七樓，然後從安全通道往下走兩層，到一五〇六號房，有人在等你。待的時間不要超過一小時，出來的時候，原路返回，麵包車依舊會在後門等你。留意有沒有人在後面跟著你。」

傅華下了車，快步走進大廈，然後按照指示坐貨梯上了十七樓，再從安全通道往下走到十五層，看看樓道裏沒有人，趕忙走到一五〇六號房，正要伸手去敲門，門在這個時候自動開了，屋內沒有開燈，一個女人伸手出來，一把將傅華拉了進去。

傅華馬上聞到一股熟悉的香氣，雖然傅華的眼睛還沒適應屋內的黑暗，沒看清面前的女人相貌，但他已經知道她就是喬玉甄。

有些人和事，本來他以為自己忘卻了，原來只是被深埋在心底。此刻記憶被重新喚起，傅華才知道他心中其實一直有著喬玉甄的位置。

傅華伸手將喬玉甄擁進懷裏，喃喃地說了一句小喬，嘴唇就被喬玉甄的香唇給堵上了，兩人立即深吻在一起……

第九章

上天的禮物

喬玉甄笑道：「她真是太可愛了，
每天光是這麼看著她，我心裏就覺得很幸福。
我原本沒想過要懷孕的，沒想到她還是不期而至。
一開始我心裏還有些懊惱，
現在卻覺得她根本就是上天賜給我的禮物。」

過了好一會兒，喬玉甄先恢復理智，推開了傅華，說：「好了，傅華，黃董說我們不能待在一起時間太長，否則很容易就會被那個混蛋察覺到的。」

傅華也知道此刻每一分每一秒對他來說都很珍貴，他從喬玉甄對他的情形上，已經判斷出那個小女孩就是他的女兒了，就點點頭說：「我知道，先帶我看看女兒吧。」

喬玉甄就拖著傅華輕手輕腳的進了嬰兒房，嬰兒房開著一盞小燈，柔和的光線下，傅華看到嬰兒床上一個女嬰睡得正香。

看著女嬰紅撲撲像洋娃娃一樣的臉蛋，這可是他的女兒啊，傅華有一種想要去親她的衝動，但卻又怕驚醒她，因此克制住親吻女兒的衝動，只是伸出手指輕輕觸摸著女嬰蜷著的小手。

女嬰似乎是感受到什麼一樣，小手居然握住傅華去碰觸她的手指，傅華不敢動，就讓女兒握著手指，回頭看了看喬玉甄，小聲地說：「小喬，她太可愛了。」

喬玉甄笑了一下，也小聲地說道：「是啊，她真是太可愛了，每天光是這麼看著她，我心裏就覺得很幸福。我原本沒想過要懷孕的，那次跟你在一起，我算過正好是安全期，沒想到她還是不期而至。一開始我心裏還有些懊惱，現在卻覺得她根本就是上天賜給我的禮物。」

「她確實是上天對我們的恩賜。不過小喬，雖然我看到女兒心中很高興，但是你實在不應該冒這個險，你知道嗎，來香港前，那個混蛋還專門打電話警告過我，怕我來香港見你。你也知道那傢伙的手段，一旦被他知道我們偷偷見面，你和女兒就很危險了。」傅華擔憂地說。

喬玉甄點點頭說：「這我知道，這次見面是呂先生和黃董聯手安排的，他們做了萬全的準備，今晚如果那個傢伙不開眼，敢跟過來，黃董和呂先生會讓他有命來沒命回去的，以確保我們這次見面不會洩露出去。」

沒想到這次見面居然是黃易明和呂鑫安排的，以這兩人在香港黑社會的影響力，傅華相信他們絕對可以做到不洩露絲毫消息出去的。

傅華鬆了口氣，說：「那就好，我真擔心會把麻煩引到你身上去。」

喬玉甄深情地撫摸了一下傅華的臉龐，說：「傅華，你比我記憶中的瘦了很多啊，是不是那個混蛋一直折磨你啊？」

傅華嘆說：「我跟那傢伙可能是宿命中的冤家吧，你離開北京後，我已經儘量避開他了，沒想到他因為睢心雄的事竟跳出來找我麻煩，躲也躲

不開。」

喬玉甄說：「這個我聽說了，黃董跟我說那個混蛋讓你處境很危險，隨時都有可能對你下手，黃董就問能不能幫幫你。」

「黃易明怎麼知道這些事的啊？」傅華納悶的問道。

喬玉甄說：「這個我也不是很清楚，不過聽他這麼說，我心中就很牽掛你，所以才說想和你見個面。傅華，你現在打算要怎麼對付那個混蛋啊？」

傅華苦笑說：「我也不知道要怎麼對付他，原本我想調查一下他的底細，想說只要能夠掌握他的底細，就能想出辦法來對付他，但是我找了不少的關係，查了半天還是沒查到這傢伙的來歷，這混蛋像是憑空冒出來的一樣。」

喬玉甄聽了，立即說：「你查不到他的來歷，是因為……」

「千萬別說，」傅華伸手堵住了喬玉甄的嘴，說：「你如果告訴我了，他就會猜到消息是從你這兒洩露的，必然就會對你痛下殺手。我可不想讓你和女兒身陷險境。你別管這件事了，我再想別的辦法對付他好了。」

喬玉甄搖搖頭說：「傅華，你不安全，我也不會安心的：至於我和女兒，你放心好了，黃董安排我見過你之後，我們就會去英國生活一段時間。

在英國他再想來威脅我，可沒那麼容易。」

「這樣子我就放心了，那好吧，你告訴我為什麼我查不到他的來歷呢？」傅華好奇地問道。

喬玉甄透露說：「那是因為這個人根本不叫什麼齊隆寶，他應該姓魏才對。」

傅華詫異地說：「你怎麼知道的，是那混蛋告訴你的嗎？」

喬玉甄說：「那混蛋狡猾得很，怎麼會告訴我他的真實身分呢，是有一次偶然的機會下，我看到了他的全家福，那時候他父親正是一個很當紅的部長，新聞媒體裏經常會看到他，所以我才知道他姓魏的。」

傅華不禁追問說：「那他父親叫什麼名字？」

喬玉甄回說：「他父親叫魏立鵬。」

「他的父親竟然是魏立鵬？」傅華驚訝的說。

傅華之所以感到如此驚訝，是因為魏立鵬也是政壇上赫赫有名的人物，他雖然不像睢心雄的父親、馮葵的爺爺那樣是國家元勳，但是也立過汗馬功勞，先後擔任過很多重要的職務。現在雖然已經退休了，依然是政壇上很有影響力的人物。

難怪這傢伙敢那麼肆無忌憚的對付他，原來是有一個強大的後盾在啊。

傅華不禁倒吸一口涼氣，有魏立鵬護著，別說是他了，就算是楊志欣恐怕也拿他無可奈何。這時候傅華也明白了為什麼齊隆寶跟雎心雄關係那麼密切，因為魏立鵬以前就是雎老的老部下，魏立鵬能夠在政壇上地位顯赫，根源是來自雎老。

這次自己真是惹上了一個大人物啊，傅華有踢到鐵板的感覺。他不禁對喬玉甄說：「小喬，我們這回是惹上大麻煩了，回頭你儘快讓黃董幫你安排去英國吧，多一刻都不要耽擱。」

喬玉甄答應說：「我會的，當初我被他禁錮了那麼長時間，卻依然不肯對你透露他的底細，就是因為知道這傢伙的父親是個很厲害的大人物，你是惹不起的。」

傅華苦笑了一下，說：「不但我惹不起，恐怕我身邊那些有權有勢的朋友也惹不起啊。」

喬玉甄提醒說：「所以你一定要小心。」

傅華感嘆說：「這不是小心不小心的問題，而是這傢伙本身就是秘密部門的高官，基本上是無處不在的，再加上他父親有這麼雄厚的背景，讓我有老虎吃天無處下口的感覺。原本我還以為查到他的底細後，我就能對他採取防護措施了，哪知道居然是是這樣一個結果！」

喬玉甄動情地說：「看來你也拿他沒什麼辦法，要不算了，你不要跟他鬥了，乾脆放棄國內的一切跟我一起去英國吧，我手裏擁有的財富，足夠讓我們三個人在英國過得很好的。」

喬玉甄的提議讓傅華有些心動，也許這倒是個解決眼前困境的辦法，不過這樣一來，熙海投資已經鋪起來的攤子就不得不半途而廢了，羅茜男的豪天集團也會因為他的離去，要單獨面對齊隆寶和雎才燾的打擊，恐怕會遭到滅頂之災的。

更重要的是，如果他此刻當逃兵的話，這輩子都將無法再踏上中國這塊土地。在那裡，他還有很多難以割捨的人事物，是不可能放下這一切的。

傅華無奈地說：「小喬，我不能跟你去英國，很多事不是我想放下就能放下的，我不能不負責任的一走了之。」

喬玉甄聽了，說：「我就知道你一定會這麼說，好吧，不管你了，你自己照顧好自己吧。」

傅華歉意地說：「對不起了小喬，要讓你一個人辛苦去照顧女兒了。」

喬玉甄笑說：「別傻了，你沒什麼對不起我的地方，女兒對我來說，是一個開心的寶貝，絕不是什麼負擔。誒，傅華，你知道我給她起了一個什麼名字嗎？」

傅華看了看喬玉甄，說：「什麼名字啊？」

喬玉甄說：「叫喬華。你不介意我讓女兒跟我姓吧？」

喬玉甄是在他們兩人的名字中各取了一個字給女兒做名字，傅華滿意地說：「怎麼會介意呢？喬華這個名字很好聽，我很喜歡。」

「你喜歡就好。傅華，你也待了有段時間，你該走了。」喬玉甄提醒傅華說。

傅華點了一下頭，不捨的輕輕從女兒的小手中把手給抽出來，然後向喬玉甄攤開雙臂，說：「小喬，讓我再抱你一下吧。」

喬玉甄點點頭，順從的依偎進傅華的懷裏，傅華緊緊的抱了抱喬玉甄，此刻，齊隆寶像塊大石頭一樣壓在他心裏，他的心情並不輕鬆，但是他不想喬玉甄為他擔心，因此裝出一副樂天自信的樣子，說：「小喬，等把國內的事情理順了，我會到英國去看你和女兒的。」

「你一定要來啊，我和女兒會在英國等著你的。」喬玉甄仰起頭來看著傅華，心中卻充滿了深深的哀愁。

沒有人比她更瞭解齊隆寶的可怕，傅華要去對付這麼一個強大的對手一定是凶多吉少，也許今天是她這輩子最後一次見到傅華了，不禁感到十分的悲傷和不捨。

傅華點點頭，用力的再抱了一下喬玉甄，說了聲保重，然後就鬆開她，毅然決然的轉身走出房間。

他走到門口，從貓眼裏確信門外沒有人了，就要開門時，喬玉甄在背後喊了一聲：「傅華，你等一下。」

傅華轉頭看了看喬玉甄，說：「小喬，還有什麼事嗎？」

喬玉甄說：「我突然想起一件事，也許對你對付那混蛋有用處。」

「什麼事啊？」

喬玉甄說：「有一次他讓我在香港轉一筆錢，給一個叫做楚歌辰的商人，齊隆寶說這筆錢是他應得的分成。所以我想，這個楚歌辰一定跟他有某種聯繫，你想辦法查查他，也許能夠找到什麼對付他的辦法。」

傅華點了一下頭，說：「我會查查這個人的，不過一定是在你和女兒去了英國之後。不能確定你和女兒的安全前，我是不會去驚動齊隆寶的；你到了英國後，記得想辦法通知我一聲。」

喬玉甄點點頭，又不捨地抱了一下傅華，說：「我會的，你在國內一定要保重好自己，別忘了女兒還在英國等著你去看她呢。」

傅華輕輕地拍了一下喬玉甄的背，說：「你放心，雖然我啃不動齊隆寶那混蛋，但是他想對付我也不是那麼容易的事，所以我一定不會有事的。」

「我相信你一定不會令我失望。」喬玉甄帶著信心地說。

傅華一路小心翼翼地回到小巷，那輛麵包車把傅華安全地送回了酒店。傅華回到自己的房間，趕緊脫掉身上的衣服，然後從房間窗戶往外看了看，確信沒有什麼異常，這才躺倒在床上。

奔波了大半夜，但是傅華沒有絲毫的睏意，心情依然在為有了一個女兒而興奮著，躺在床上好久都沒有睡著。他越發想要儘快除掉齊隆寶了，因為他還想著將來的某一天，他能夠快樂的跟女兒一起玩耍呢。

第二天，傅華和馮葵從香港飛回北京。項懷德還有事要處理，仍然留在香港。

飛機上，一夜未睡的傅華呵欠連天，馮葵納悶的問道：「傅華，你昨晚不是十點多就去休息了嗎？怎麼會這麼睏啊？」

傅華自然不能告訴馮葵昨晚他偷跑出去見喬玉甄和女兒了，就笑笑說：「可能是我睡覺比較挑床吧，所以昨晚一夜都沒睡好。」

馮葵不禁取笑說：「你真是夠嬌的，一個大男人睡覺還會挑床，真是好笑啊。」

傅華打著呵欠說：「你覺得好笑自己笑去吧，我可要瞇一會兒了。」

馮葵便不打攪他，等到了北京，他的精神就好了很多。

下飛機，馮葵直接回家，傅華則是去駐京辦。

一到辦公室，湯曼就找了過來，對傅華說：「傅哥，你趕緊跟余欣雁聯繫一下吧。」

傅華愣了一下，說：「怎麼了小曼，你跟她談得不愉快嗎？」

原來今天是熙海投資和中衡建工約好談合約細節的日子，傅華心想兩家合作的框架基本上敲定了，不一定非要他親自出面不可，細節的問題就交代讓湯曼負責。

湯曼大吐苦水說：「說不上什麼愉快不愉快，而是人家根本就沒跟我談。」

這個余欣雁又在搞什麼花樣啊？傅華詫異地說：「不是說好今天要進行正式談判的嗎？她為什麼不跟你談啊？」

湯曼撇著嘴說：「余欣雁覺得我的身分不夠，所以不跟我談。她看到我，問我為什麼你沒來，我就說你去了香港，派我作為代表來跟她談判，她就說你對這件事太不重視了，必須要當面跟你談才行，就讓我先回來，等你從香港回來再說。」

「這個女人！」傅華有些惱火，說：「給她三分顏色居然就開起染坊來了，她不過是個董事長助理而已，憑什麼敢這麼對待你啊？小曼，讓你受委屈了。」

湯曼很識大體地說：「傅哥，我沒事的，你不要因為我去跟余欣雁計較。我們現在是求人家幫忙，人家端架子給我們看也很正常啊。」

傅華氣憤地說：「不行，我要找倪氏傑說理去，這個女人年紀輕輕，架子倒不小，老是愛找我們的麻煩，這樣下去我們還怎麼合作啊？」

湯曼勸阻說：「傅哥，你冷靜一點，你去找倪氏傑又能怎麼樣啊？難道說倪氏傑會向著我們嗎？你找他，反而會把我們和余欣雁的關係弄得更僵，到時候跟余欣雁合作起來會更彆扭的。」

傅華說：「哎，小曼，你不知道，這個余欣雁根本就是在報復我，當初倪氏傑說讓她負責這個項目的時候，我在倪氏傑面前講了她欠缺經驗的話，想要倪氏傑換人負責，沒想到倪氏傑不但沒換人，還把我的話講給了余欣雁聽。」

湯曼聽了，恍然大悟說：「我說呢，傅哥你也是的，你在人家董事長面前說她，她當然感到很沒面子了。」

傅華喊冤說：「這個余欣雁長得白白嫩嫩的，一看就知道以前根本就沒跑過工地，這樣的人我怎麼放心讓她負責我們的項目啊？所以我在倪氏傑面前提出異議也很正常啊。」

湯曼嘆說：「你是正常的，但是也把人得罪了。」

傅華大感不平地說：「可是我跟她道過歉了，她怎麼還來找我們的麻煩啊？」

湯曼笑說：「女人都是很小氣的，她這樣還算是很克制了，如果換成是我，非把合作給攪局了不可。所以你還是趕緊打個電話去，再重新跟她約一下時間吧，我們現在可是有求於她的。」

「行，我馬上給她打電話就是了。」

傅華就在湯曼面前撥通了余欣雁的手機，「余助理，……」

「對不起，我在開會。」只聽余欣雁小聲說道，說完就把電話給掛了。

傅華苦笑了一下，轉頭對湯曼說：「余欣雁說在開會，你先回去吧，回頭我再跟她聯繫好了。」

湯曼看出傅華在余欣雁面前吃了癟，竊笑說：「行啊，傅哥，那我先回去了。」

傅華看湯曼似乎是在嘲笑他搞不定余欣雁的樣子，趕忙解釋說：「她真的是在開會。」

湯曼越發好笑了起來，說：「好了，傅哥，你別解釋了，我又沒說她沒在開會。」

傅華越發地窘了，正不知道該說些什麼好，恰好手機響了起來，是羅茜男的號碼，就趕忙對湯曼說：「小曼，你先回去吧，我接個電話。」

湯曼離開後，傅華接通了電話，羅茜男說：「傅華，你從香港回來了嗎？」

傅華說：「剛回來，我在駐京辦呢。」

羅茜男說：「那我們見個面吧。」

聽羅茜男這麼急著見他，傅華以為他去香港這段時間豪天集團發生了什麼事，就說：「行啊。」兩人就仍然約在朝陽公園門口。

傅華帶著王海波去了朝陽公園，過了十幾分鐘，羅茜男也開車過來了。兩人就在公園外的馬路上邊走邊聊，王海波則在他們的身後不遠處跟著。

傅華說：「你這麼急著見我，是不是這幾天雎才燾有什麼異常的行為啊？」

羅茜男搖搖頭說：「他沒什麼異常，只是從江北省參加完他父親的庭審之後，回來變得更加沉默了。」

傅華聽了說：「現在對他來說也是一個艱難的過程，從一個眾人寵著的天之驕子，一下子變成罪犯的兒子，其中的苦澀是很難承受的，所以你要小心些。」

羅茜男納悶地說：「小心些，我要小心什麼啊？」

傅華笑笑說：「雎才燾在這種巨大的壓力下，心理很容易扭曲變態，你作為他的女朋友，難道不應該小心些啊？」

羅茜男瞪了傅華一眼，不高興的說：「你別老把我跟他扯到一起去好不好？你再拿他開我的玩笑，小心我揍你啊。」

傅華笑說：「好好，算我怕你了！我是真心提醒你的，要小心他心理變態下，對你有侵害的行為。」

羅茜男哼聲說：「這個不用你提醒，我心中有數。自從李廣武那件事發生後，我就對你們這些臭男人有所警覺了，睢才燾最好是不要對我有什麼非分之想，否則的話，我一定會好好教訓教訓他的。」

傅華說：「那就好。咦，既然不是睢才燾有什麼異動，那你這麼急著找我出來有什麼事啊？」

羅茜男歪著頭看了傅華一眼，說：「誒，你裝什麼糊塗啊？你這時候是不是應該跟我說點什麼？」

傅華被羅茜男問的有點丈二和尚摸不著頭腦，納悶的說：「我要跟你說什麼啊？我先聲明啊，我對你可沒什麼非分之想。」

「你討打是不是啊？」羅茜男忍不住衝著傅華晃了一下拳頭。

傅華滿頭霧水地說：「那我就不明白了，你究竟想讓我對你說些什麼啊？」

「你別在我面前裝了，」羅茜男斥責說：「你都去見了你的老情人和女兒了，難道就沒有從你老情人那裏得到一些關於齊隆寶那個混蛋的情況嗎？」

「你怎麼知道我去見喬玉甄了？」傅華驚訝的看著羅茜男說。

隨即傅華就想通了其中的關竅，指著羅茜男說：「原來是你讓黃董安排我和喬玉甄見面的啊。」

「對啊，」羅茜男得意地說：「是我去求黃董，讓他安排這一切的，要不然你怎麼可能瞞過齊隆寶，見到你的老情人和女兒呢？你是不是應該要好好謝謝我啊。」

傅華的臉色難看起來，對羅茜男說：「羅茜男，我不是跟你說過我不想把喬玉甄牽涉進來嗎？你憑什麼這麼自作主張啊？你知不知道你這樣會把喬玉甄置於一個相當危險的境地。」

羅茜男回嘴說：「你對我那麼兇幹什麼啊，我當然知道這對喬玉甄很危險，所以我才讓黃董做了萬全的安排；再說，你既然擔心她的安全，就不該去見她，現在你跑去跟老情人卿卿我我完了，反過頭來卻怪我這麼安排不對，是不是也有點太忘恩負義了啊？」

傅華反駁說：「你們告訴我喬玉甄生了個女兒，我當然要去看看這個女兒是不是我的了。這種情況下，有哪個做父親的能夠控制住自己啊！」

羅茜男不高興地白了傅華一眼，說：「好，是我錯了行不行？我們不討論這個了，現在不管怎麼說，你也跟老情人團聚過了，你就告訴我，她有沒有跟你說什麼關於齊隆寶的事啊？」

這時候不知道喬玉甄離沒離開香港，所以就算是知道齊隆寶是魏立鵬的兒子也不能說，傅華便裝作苦惱地說：「羅茜男，你白忙活了，喬玉甄知道的並不比我們更多。」

羅茜男沒想到自己費盡心機安排了這場會面，最後傅華卻一點都沒從喬玉甄口中挖到任何有用的情報，不滿地說：「傅華，你是不是光顧著跟老情人黏糊去了，你忘了我們現在的處境嗎？我好不容易才求黃董幫我這個忙的，你居然一點有價值的東西都沒從你的老情人那裡摸出來？」

傅華搖搖頭說：「我問她了，但是齊隆寶這傢伙實在是太狡猾，把自己藏得嚴嚴實實，喬玉甄也不知道他的底細。」

「不可能的，」羅茜男叫說：「喬玉甄跟過那個人很長一段時間，不可能一點蛛絲馬跡都不知道，哼，我看一定是你見了老情人光顧著談情說愛去了，就忘了問正事。真是氣死我了，你們這些臭男人，一看到漂亮女人就迷糊了，也不分個事情的輕重緩急。」

傅華知道羅茜男把所有希望都寄託在喬玉甄身上，現在一切落空，失望之下自然會氣急敗壞了，便安慰她說：「羅茜男，你別急，喬玉甄這裏沒找到什麼有用的消息，不代表我們就沒有辦法對付齊隆寶了，現在局勢還沒有危險到刻不容緩的程度，我們還可以慢慢想辦法的。」

「別急，別急，」羅茜男大叫起來：「你除了這句沒用的廢話還會說點別的嗎？你知道我現在承受著多大的壓力嗎？再不趕緊想出辦法來對付齊隆寶，我丟了性命是小事，豪天集團可能要遭受滅頂之災了，一堆人還指著豪天集團吃飯呢，豪天集團如果垮了，我羅茜男就算是死了，也閉不上眼睛的。」

看得出來齊隆寶已經讓羅茜男處於一種崩潰邊緣了，他趕忙開導羅茜男說：「你別這麼衝動，冷靜些，如果你不能冷靜下來，可就正中齊隆寶的圈套了，他就是想讓我們在他的逼迫下崩潰的。」

「去你的吧，」羅茜男歇斯底里地叫道：「這時候你能冷靜，我可冷靜不下來，對付不了齊隆寶，我可以對付睢才燾，我這就回去把睢才燾給弄死，就算是給他償命，起碼能斷了齊隆寶的念想，豪天集團可以得以保全。」

羅倩男說完，轉身就要走人。傅華看羅茜男的架勢，真有回去弄死雎才燾的意思，趕忙把羅茜男給拉住，阻止道：「羅茜男，你是不是瘋了，你這麼犧牲自己有什麼意義啊？」

「放開我！」羅茜男失去理智地說：「就算是我的犧牲沒什麼意義，那也好過就這麼等著齊隆寶來對付我們。」

羅茜男說著，就用力想掙脫傅華的手，傅華沒有放開她，反而手上加了把勁，更不讓羅茜男掙脫。羅茜男越發的惱火，一邊嚷道：「你放開我！」一邊用另一隻手撲打傅華。

傅華明白羅茜男這是心中的壓力難以宣洩出去才會導致這樣的失控，因此讓她有機會發洩一下也好，就任由羅茜男捶打著他的胸膛。

羅茜男連續打了一會兒之後，發覺傅華並沒有動手制止她，不覺停了下來，看了一眼傅華，說：「你今天怎麼這麼老實啊，就這樣讓我打你？」

傅華笑說：「我知道齊隆寶給你造成的心理壓力很大，讓你發洩一下，也許有助於你情緒的平復。你怎麼停下來了，繼續啊。」

羅茜男懊惱地說：「傅華，你是不是有點賤骨頭啊，居然還向我討打。」

傅華體諒地說：「不是我想討打，而是希望能用這種方式讓你冷靜下來，我們是合作夥伴，你冷靜下來，我們才好繼續商量怎麼去對付齊隆寶和雎才燾。」

羅茜男哀嘆說：「還有什麼好商量的，我們連齊隆寶的底細都搞不清楚，拿什麼去跟人家鬥？我要去整死雎才燾你又不讓。」

傅華說：「你別這麼急躁好不好，我們總會想出什麼辦法來的。」

羅茜男苦笑著說：「你只會說這種沒用的廢話，我可以不急躁，但是齊隆寶能有那麼大的耐心等我們想出辦法來對付他嗎？你可別忘了，上次他跟你通話的時候，可是說過他要先動手除掉你的。」

傅華笑笑說：「他也是說先除掉我不是先除掉你啊，這也就是說你還有時間，可以等他除掉我之後你再來整死雎才燾。」

「你胡說八道什麼啊，」羅茜男又捶了傅華胸膛一下，說：「這種事情也是能開玩笑的嗎？」

傅華開玩笑說：「羅茜男，你注意一下形象好不好，司機還在後面看著我們呢，你這樣子會讓他們以為你這是跟我在打情罵俏呢。」

「滾一邊去吧！」羅茜男罵道：「好啦，你放開我的胳膊吧，我不去找睢才熹就是了。」

傅華就放開了羅茜男的胳膊，笑笑說：「今天睢才熹一定會氣死的。」

羅茜男不解地說：「他為什麼會氣死啊？我又沒真的對他怎麼樣。」

傅華解釋說：「不是你要對他怎麼樣他才會氣死，而是監視我們的人一定會把我們剛才的舉動跟睢才熹和齊隆寶彙報。他們隔得那麼遠，不知道我們究竟說了些什麼，肯定會以為我們剛才的拉拉扯扯是在打情罵俏呢。」

羅茜男聽了，笑說：「這倒是，氣氣那混蛋也好，可惜的是氣不死他。對不起啊，傅華，我剛才實在是有點失控了。」

傅華不以為意地說：「沒事，其實我跟你一樣，心理壓力也很大，只是我是個男人，要撐住男人的面子，沒辦法像你這樣發作出來而已。」

羅茜男嗤了聲說：「你又來嘲笑我了！哎，傅華，你不知道，我從來沒有像最近這段時間感覺自己這麼沒用過。」

傅華理解地說：「這很正常，因為我們這次對上的對手實在是太強悍了。不過，你也別太沮喪，我們一定會戰勝齊隆寶那隻紙老虎的。」

羅茜男沮喪地說：「怎麼戰勝啊，我現在腦子裏連一點對付他的辦法都沒有。」

傅華老神在在地說：「對付他的辦法就交給我來想好了。」

羅茜男狐疑地看了傅華一眼，懷疑的說：「你真的有辦法對付他，還是說寬心話給我聽的啊？」

傅華實際上已經知道了齊隆寶的真實身分，喬玉甄又提供了一個叫楚歌辰的人，有了這個線索，他算是摸到了對手的尾巴，不再是毫無頭緒了。只是這些暫時無法告訴羅茜男，他必須等喬玉甄安全了才能公開，就說：「我心中初步有了對付他的思路，不過還不是很成熟，所以暫時無法跟你說。」

羅茜男催促說：「別賣關子了，就算是思路不成熟，說給我聽聽也無妨吧？我又不會洩露給那兩個混蛋。」

傅華搖頭說：「我知道你不會，但是我還是不能提前洩露給你聽，所以你就耐心的等幾天吧，過了這幾天，我一定會告訴你我詳細的計畫。」

羅茜男瞇著眼說：「真的不能說？」

傅華笑笑說：「真的不能，你就相信我一回吧，就幾天的時間，到時候我一定不會讓你失望的。」

羅茜男點了一下頭，說：「好吧，我相信你。」

羅茜男說完，毫無預兆的伸手過來挽住了傅華的胳膊，傅華不禁愣了一下，他不習慣羅茜男跟他有這種親暱的動作，身體不自然的往外躲了一下。

羅茜男卻沒有因為傅華躲閃就放開他，反而摟得更緊了，笑說：「你躲什麼啊，我的身體你又不是沒碰過？那次你可是把我壓在地上很長一段時間，還親了我，怎麼？非禮都非禮我了，我挽一下你的胳膊都不行啊？」

傅華臉紅了，辯解說：「話可不能這麼說啊，那次是有原因的，是你偷襲我，我為了脫身才不得已為之的。」

羅茜男質問說：「為了脫身你就可以非禮我嗎？這可不像是一個正人君子應該有的行為啊？」

傅華知道有時候跟女人是沒什麼道理可講的，便陪笑說：「好吧，算我不對，我跟你說道歉。不過，你現在挽我的胳膊又是為什麼啊？」

羅茜男甜笑了一下，說：「我想好好氣氣雎才燾不行嗎？」

羅茜男這麼做玩笑的意味更大一些，傅華倒不好說要拒絕她了，就說：「好吧，我的胳膊就借給你當做道具好了。」

羅茜男沒再說什麼，把身體靠在傅華的肩膀上。這讓傅華有一種很怪異的感覺，但是他又不好躲開，兩人就這樣子繼續往前走著。

走了一段距離之後，羅茜男忽然幽幽的說：「謝謝你傅華，其實我並不是真的要借你來氣雎才囂，那個混蛋生不生氣我都不在意，我只是最近這段時間心裏實在太脆弱了，很想找個堅強的肩膀靠一下。」

傅華體貼地說：「你願意靠就靠吧，確實你要撐起豪天集團擔子是很重的。」

羅茜男幽幽地說：「是啊，我畢竟是個女人，身邊卻沒有人能替我扛一扛，什麼事都要靠我自己，就覺得很累。有時候都累到想要放棄了，但是一看到很多人還要靠豪天集團吃飯，我就又咬著牙撐了下來。」

傅華說：「其實你沒必要給自己那麼大的壓力。」

羅茜男感嘆說：「做企業的沒有壓力是不行的，現在競爭這麼厲害，豪天集團就好像是在逆水行舟，不進則退啊。」

兩人正說著話，傅華的手機響了起來，是余欣雁的號碼，傅華就對羅茜男說：「是中衡建工董助的電話，一定要接的。」

羅茜男笑笑說：「你接吧，靠了你肩膀這麼會兒，我心裏已經舒服多了。」

羅茜男就放開傅華的胳膊，走到一邊，傅華按了接聽鍵，說：「余助理，你開會開完了？」

余欣雁說：「剛開完，你找我有事啊？」

傅華說：「我從香港回來了，你看什麼時間我們能夠坐在一起談一談，商量一下合作的細節。」

余欣雁埋怨說：「傅董，說起這件事來，我要說你幾句，你怎麼可以這麼不負責任啊？要去香港也不先知會一聲，這樣我們也可以安排改期啊，結果倒好，我把一幫人秏在那裏，你卻沒來。」

傅華心說這個女人還真是難纏，明明是你不跟湯曼談的，卻倒咬一口，把責任推到我身上。

傅華耐著性子說：「不好意思啊，原本我以為我的助手湯曼可以代表熙海投資跟你談判的。」

余欣雁頗有微詞地說：「這不是你的助手能不能代表熙海公司談判的問題，而是你們對這個項目夠不夠重視的問題，現在我們的合作還沒開始，你這個董事長就不拿這個項目當回事，那我們的合作還怎麼開展呢？」

傅華感覺余欣雁有些強詞奪理，強壓住心中的不滿，說：「余助理，是我錯了，這總行了吧？現在你可以告訴我什麼時候可以坐到一起談了吧？」

余欣雁不滿地說：「你急什麼，我的話還沒說完呢。」

傅華只好笑笑說：「行，你說我聽就是了。」

余欣雁滔滔不絕地說道：「雙方既然要合作，有幾項事情我需要提醒你，首先，就是要尊重對方，像你這種臨時跑去香港的情況，一定要跟我們知會一聲，我也好根據情況對工作做相應的調整；第二……，第三……」

第十章

城下之盟

余欣雁說了一大套，
無非都是些約束熙海投資要怎麼做的條款，
傅華雖然聽了不太高興，但是也不得不簽訂這個城下之盟。
因此在余欣雁交代完之後，便說：
「行，余助理，我們會嚴格按照你的要求去做的。」

余欣雁說了一大套，無非都是些約束熙海投資要怎麼做的條款，傅華雖然聽了不太高興，但是他處於弱勢地位，也不得不簽訂這個城下之盟。

因此在余欣雁交代完之後，便說：「行，余助理，我們會嚴格按照你的要求去做的。」

余欣雁卻不依不饒地說：「傅董，你別說得那麼好聽，你們真的能做到嗎？」

傅華笑笑說：「余助理，你怎麼這麼不相信人呢？我們現在是有求於中衡建工，你既然提出了要求，我們哪敢不做到啊？」

余欣雁一臉生氣的表情，說：「別嘻嘻哈哈的，要我相信你能做到也行，你把剛才我說的這些條款給我復述一遍；你能復述出來，我就相信你能做到。」

余欣雁的要求，讓傅華有些傻眼，他無法完整復述出余欣雁所說的條款，一來他根本就沒認真聽余欣雁講了些什麼；二來，他昨晚一夜未睡，只在飛機上小憩了一下，精神本來就有些恍惚，就算是聽到了一些余欣雁講的要求，他也沒記住。

眼看要露出馬腳了，傅華靈機一動，想到了一個應付的辦法，便說：

「余助理，你對工作真的太認真負責了，這樣吧，為了保證徹底執行你的要求，請你把剛才說的這些條款做成一份檔案，傳真給我，這樣白紙黑字，我們執行起來就不會有什麼問題了。」

「做成檔案？」余欣雁一開始還沒反應過來。

「對啊，」傅華笑笑說：「有書面的文字檔案會更準確一些，我們也可以遵照範本執行。」

「你太過分了。」余欣雁生氣說道。

余欣雁發現了傅華的詭計，叫道：「你拿我當傻瓜啊？合著我剛才說了半天，你一句話都沒聽進去啊？」

傅華心裏暗自叫苦，看余欣雁反應這麼激烈，這次他恐怕又把她惹得不輕，話說他已經儘量忍氣吞聲了，沒想到還是惹到了她。

傅華趕忙解釋說：「不是的，余助理，你誤會了，我不是沒認真聽你講話，這不是為了更好的執行你的要求嗎？」

余欣雁冷笑一聲說：「你認真聽了？好啊，那你現在就把我剛才講了什麼都講一遍吧。」

傅華當然講不出來，同時他也覺得余欣雁這麼咄咄逼人太讓他下不來台了，這個女人怎麼一點為人處事的圓滑都不懂啊?!

傅華忍不住說：「我說余助理，你是不是也太過分了，這次跟你們合作，熙海投資是有求於中衡建工不假，但是中衡建工也有著很大的利益，雙方是互利互惠的，為了有利於雙方的合作，你最好還是不要這麼盛氣凌人，你不就是……」

傅華本來想說：「你不就是倪氏傑的情人嗎？有必要這麼囂張嗎？」但話到嘴邊，他馬上就意識到不能這麼說，俗話說：打人不打臉，罵人不揭短，他這麼說就是揭余欣雁的短了，那樣會讓他和余欣雁再沒有迴旋的餘地。

余欣雁反問說：「我不就是什麼啊，你怎麼不說了？」

傅華反應很快，馬上就說：「你以為我不敢說啊，你不就是倪董的助理嗎？倪董都還沒對我這樣呢！」

這話雖然也有些看不起人的意思，但是比起說余欣雁是倪氏傑的情人要好得太多了。

余欣雁氣憤地說：「你終於把心裏的話給說出來了吧！我就知道，從一開始你就看不起我，又是嫌我沒經驗又是什麼的，都約好了要談判，你卻招呼都不打一個就跑去香港，你對我這個負責人還有一點基本的尊重沒有啊？」

「余欣雁，你別胡攪蠻纏了好不好？」傅華也火大了，叫道：「我看是你氣焰太盛才對，你一直對我在倪董面前質疑你的事有所不滿，處處找碴刁難我。我們合作的框架基本上已經達成了，我派湯曼作代表去談一些細節上的問題有什麼不可以啊？就算這樣我也忍了，還特地打電話想跟你重新敲定時間，你倒好，一句在開會就把我晾在那裏。」

余欣雁毫不示弱地說：「我是真的在開會，你一個大男人怎麼這麼小心眼啊？」

「你糊弄誰啊？」傅華冷笑一聲說：「這個時間本來是你們定好跟我們談判的時間，你有什麼會議要開啊？要撒謊也不打打草稿。」

「誰騙你了，」余欣雁氣說：「這個會議是董事長召開的，他見我沒跟你們談判，就讓我也去參加這次會議。」

「好，」傅華反擊說：「就算是我誤會你了，但是你也不需要故意找我麻煩吧？你說我不尊重你，但是你尊重我了嗎？你當我們熙海投資是中衡建工的下屬單位啊，還要一二三四的約法三章？最過分的是，居然還要求我復

述一遍，你當我小學生啊？」

「明明是你的態度有問題好嗎，」余欣雁說：「我約法三章也是希望你改變一下態度，你卻連聽都沒認真聽，還有臉衝我發火?!」

傅華哼了聲說：「是你先發火的好不好？」

余欣雁還嘴說：「你讓我下不來台，我不該衝你發火啊？」

傅華立刻駁斥說：「是誰讓你下不來台了？你到底懂不懂人情世故啊？我說讓你做成文書檔案不就是做臺階給你下了嗎？你卻非要拆穿我沒認真聽你的話，搞得現在大家都這麼尷尬！話說我昨天才在香港忙了一整天，今天一早坐飛機回來，一刻都還沒停下來，又哪裡有精神去聽你的一二三四啊？你回頭去問問你們倪董好了，他管理公司是不是要對公司的每一項事務都一清二楚啊？」

傅華停頓了一下，又說：「余助理，現在我們算是把話給說開了，看來我們對對方都有成見，我想你我都清楚，帶著這種成見，我們是很難合作好的，你看是你去找倪董說要退出項目呢，還是我去找倪董要求撤換項目的負責人呢？」

「你是想把我趕出這個項目？」余欣雁質問說：「你想得美，這是不可能的，當初我為了這個項目可做了不少的工作，我是不會在這個時候輕易放手的。」

這個項目實際上對余欣雁來說，是一次很大的機會，能做得好的話，可以奠定余欣雁在中衡建工發展的基礎，所以要她主動退出，幾乎是不太可能的。但是傅華卻不想跟余欣雁合作下去了，即使這個女人是倪氏傑的情婦也一樣，這個女人處理事情的經驗欠缺不說，還依仗著倪氏傑的勢力，刻意的給他找麻煩，如果這種狀態持續下去的話，那這個項目很可能就要毀在這個女人手裏了。

傅華冷冷地說道：「余小姐，這件事可不是你說了算，既然你不主動退出，那我只好去找倪董，要求他把你給撤換掉了。」

傅華說完，就氣呼呼地掛了電話。

一旁的羅茜男看著他說：「你真要去找倪氏傑啊？」

傅華生氣地說：「不找不行，這個女人實在是欺人太甚了，一個董事長助理架子擺得比董事長還大，這樣的人我怎麼跟她合作啊！」

羅茜男緩頰說：「其實我倒覺得她沒什麼不對，你不應該這樣子對她的。」

傅華看了羅茜男一眼，說：「你不會是因為她跟你一樣是女人，就幫她說話吧？」

羅茜男忙否認說：「我可是對事不對人的。我覺得她是個做事很認真的人，也許沒什麼經驗，但認真卻可以彌補這一切。」

傅華回說：「你又沒接觸過她，憑什麼說她做事認真啊？」

羅茜男說：「我不用接觸她，也知道這是個做事認真的女人，如果她不是做事認真，也不會還要給你提出什麼約法三章，是因為你對她有偏見，有點不理智，所以才會對她不滿的。」

傅華冷靜下來思考了一下，不得不承認羅茜男說的也有道理，余欣雁做事是有點執著認真。便說：「這麼說是我錯了？」

羅茜男持平地說：「是啊，其實我覺得項目由她負責挺好的，你有什麼做得不對的地方，她敢指出來，這對項目是有利的。你不會真的沒有容忍她的雅量吧？」

傅華懊惱地說：「那你覺得我要怎麼辦？」

羅茜男笑笑說：「你就不要去找倪氏傑了，打個電話去向余小姐道個歉，繼續跟她好好合作吧。」

傅華無奈地說：「好吧，我會考慮的。」

羅茜男聽了說：「這有什麼好考慮的啊？不就是道個歉而已嘛？這種事情你都還要猶豫，可不像一個男人啊。」

「你們女人就愛拿『你不像個男人』這種話來刺激人，我才不上這個當呢！男人也是要面子的好不好，就算是要跟余欣雁道歉，也要等到明天，現在就先讓她去悶著吧。」傅華賭氣說。

羅茜男笑了起來，說：「你就繼續使壞吧。」

傅華哼了聲說：「誰叫她對我那麼蠻橫呢！好啦，如果沒什麼事，我就先回去了。」

羅茜男說：「行，你回去吧，不過，別忘了你答應我的事。」

傅華點點頭說：「齊隆寶的事也關係到我，我怎麼會忘呢，放心好了，我一定會給你一個交代的。」

傅華就和羅茜男分了手，他感到自己有些累了，就沒回駐京辦，讓王海波把他送到了馮葵那裏。

馮葵意外地說：「你今天怎麼這麼早就回來了？」

傅華說：「我有些累了，就想早點回來休息。誒，對了，小葵，你這次在香港買了不少的名牌化妝品，能不能分一套給我啊？」

馮葵奇怪地說：「你要女人的化妝品幹嘛啊？不會是想拿去哄什麼小情人吧？」

傅華笑說：「當然不是啦，因為工作上的事，我得罪了一個女人，所以想送她一套化妝品當作賠罪的禮物。」

送余欣雁一套化妝品是傅華臨時想到的主意，一方面是道歉，另一方面，也藉此跟余欣雁緩和一下關係，兩人一碰到一起就要掐架，這樣確實不利於他們的合作。

馮葵大方地說：「我倒不是捨不得一套化妝品，不過你可要想清楚，我買的化妝品可都是昂貴的名牌貨，你送給一個女人，很容易會讓對方以為你對她有非分之想的。」

「這一點是絕對不會的，」傅華肯定地說：「這個女人是中衡建工的董事長助理，對我有一肚子的意見不說，甚至還眼高於頂。我和她都看彼此不順眼，所以她絕對不會認為我對她有什麼非分之想的。今天我們鬧得這麼僵，我送點禮物給她也只是為了緩和一下關係，避免以後合作起來太尷尬而已。」

馮葵聽了說：「喔，原來是這樣子啊，好吧，我就犧牲一下，為了你的事業，貢獻出一套日本的化妝品給你好了。」

第二天一早，上班的時候，傅華就帶著馮葵給他的化妝品直接去了中衡建工。

余欣雁看到他，臉立即沉了下來，以為傅華來是要找倪氏傑更換她這個項目負責人的，因此沒好氣地說：「我們倪董今天上午日程安排得很滿，抽不出時間見你的；你非要找他的話，下午再來吧。」

傅華笑了笑說：「余助理，你不會是故意不讓我見倪董的吧？」

余欣雁瞪了傅華一眼，說：「傅董，請你放尊重一些，我雖然只是個小小的助理，但是我還不至於公私不分的。倪董上午真的沒有時間，你下午早點來，我第一個安排你見他就是了。」

傅華說：「其實我不是來見倪董的，我是來找你的。」

余欣雁愣了一下，詫異地說：「你是來找我的？找我幹什麼？不會又是來跟我吵架的吧？」

傅華笑笑說：「當然不是，正好相反，我是專門來跟你道歉的。昨天我有些累了，火氣難免就大了些，我不該失去理智跟你吵架的，今天我是專程來跟你道歉的，這是我的道歉禮物，請你收下。」

傅華就把帶來的化妝品放到余欣雁的面前。

余欣雁沒想到傅華對她的態度會有這麼大的轉變，用懷疑的眼神看著傅華，說：「傅董，你這又是玩的什麼花招啊？」

傅華正色說：「沒有啊，我是誠心來道歉的；順便想問問你，什麼時間我們可以坐下來敲定合作的細節。」

余欣雁狐疑地說：「傅董，你究竟是想幹什麼啊？昨天你在電話裏可是說要找倪董換掉我的，怎麼今天突然就變成了這樣？我真是被你搞糊塗了。」

傅華認錯說：「我都跟你說了，我昨天有些失去理智了。」

余欣雁仍是很懷疑地說：「就這麼簡單？」

傅華點點頭說：「就這麼簡單，希望你能接受我的道歉。」

余欣雁說：「道歉我可以接受，不過這套化妝品我不能收，請你拿回去吧。」

傅華趕忙說：「別這樣呀，我都拿來了。」

余欣雁解釋說：「很抱歉，我是真的不能收下，公司規定不能收客戶的禮物，你如果不想讓我為難的話，還是拿回去吧；如果你硬要留下，我只能交給公司處理。還有，你雖然道歉了，我說的那幾項規定你們還是要遵守的。」

傅華聽了說：「行，你說的規定我們遵守就是了，不過，你還是要做成一份書面文件，你當時說的我沒記下來。至於這份化妝品，我不好意思再拿回去，你就給我個面子收下吧。」

余欣雁態度強硬地說：「那你就是想要我把化妝品上交了？」

傅華聽了，只好說：「好好，算我怕你了，我拿回去就是了。誒，那我們什麼時間可以開始談判啊？」

余欣雁說：「時間我暫時還沒有辦法確定，等我跟同事商量一下，確定時間了，我再通知你吧。」

傅華說：「行，我就回去等你通知了。」

傅華就回了駐京辦，剛到辦公室坐下來，手機就響了，是倪氏傑的電話，心中有些納悶，自己才剛從中衡建工回來，倪氏傑馬上就電話追過來，不知道是有什麼急事。

傅華趕忙接通電話，說：「倪董，找我有什麼指示嗎？」

倪氏傑笑說：「指示不敢當，剛剛我聽欣雁說你來中衡建工，怎麼也不進來看看我啊，你這可是有點見外了。」

傅華解釋說：「余助理說您上午的行程安排得很滿，我就沒好意思打攪您。」

倪氏傑說：「再滿，抽一點見面的時間還是有的。誒，你現在人在哪裡啊？」

傅華說：「我已經回到海川大廈了，您是不是有什麼事啊？」

倪氏傑有些失望地說：「本來我想跟你聊一聊的，沒想到你已經回去了。」

傅華立即說：「您如果有事的話，我可以現在趕回去的。」

倪氏傑說：「沒必要，電話裏說也是一樣的。是這樣的，欣雁把最近跟你發生的一些事情都跟我報告了。」

傅華心裏愣了一下，倪氏傑該不是來幫余欣雁找後場的吧？這個倪氏傑也是的，就是維護余欣雁也不用這樣吧，我都已經跟她道過歉了，你還追上門來興師問罪！

傅華說：「倪董，昨天的事是我不好，是我自己情緒上有些問題，不該跟余助理發火的。」

倪氏傑笑笑說：「千萬不要這麼說，你沒做錯什麼，我反而還要感謝你的大人大量呢。」

傅華反而怔了一下，說：「倪董，您要感謝我，您這不是說反話吧？」

倪氏傑笑了笑說：「當然不是了。這件事欣雁確實是有做得不周到的地方，她剛踏上職場不久，經驗不足，處理事情難免就有些生硬，像什麼約法三章，還有要你復述一遍她的要求，現在就是對自己的下屬都不應該這個樣子。」

傅華趕忙說：「余助理這麼做也沒什麼錯，這也是為了項目負責的舉動。」

倪氏傑說：「道理上沒錯，不過人情世故方面這麼處理卻是錯的。她這麼做是有些過分了，沒有尊重自己的合作夥伴。好在她是遇到你，你沒有跟她計較，還大人大量的跟她道歉，要是換了別人鬧到我這裏來，我還真的不得不考慮把她撤換掉的。」

傅華尷尬地說：「倪董，您這麼說我就不好意思了，我當時說要找您撤換余助理是一時的氣話，事後想想，余助理只是態度認真負責而已，您選擇她來負責這個項目，真是選對了。」

倪氏傑笑說：「你就不用給我戴高帽子了，我知道你是給她留了面子，不然我真的把她換掉，她在公司的處境就很難堪了。」

倪氏傑說的倒也是事實，像余欣雁這樣沒什麼經驗的人被委任負責這麼大的項目，公司裡肯定有很多人對此會有些非議。如果她被中途換將，不但倪氏傑的領導能力會被質疑，余欣雁也會遭到沉重的打擊，今後恐怕很難有人敢再啟用她。

中衡建工畢竟是大型國企，不是倪氏傑私人的企業，恐怕中衡建工中也有不少人跟倪氏傑是敵對的，這些人正等著看倪氏傑和余欣雁的笑話，因此傅華沒有鬧到中衡建工去，不僅僅是保全了余欣雁的面子，也保全了倪氏傑的面子，這大概也是倪氏傑出面跟他道謝的主要原因吧。

倪氏傑又說道：「有時候想想，可能我讓欣雁負責這麼大的項目是有些操之過急了，欣雁做事求好心切，難免有些急躁，又心高氣傲，處理人際關係不夠圓滑，很容易跟人發生衝突。這一點是我欠考慮了。」

傅華理解地說：「倪董，凡事要一分為二來看，余助理這樣做也有好的一面，那些職場的老油條可能就不會這麼認真負責了；從這一點看，我倒覺得余助理不夠圓滑也是一個優點。」

倪氏傑不以為然地說：「那是你夠包容她，遇到你這個合作夥伴是她的幸運。誒，還有一件事我要跟你解釋一下，那天你派助手過來談判，本來是沒什麼的，但是因為欣雁第一次負責這麼大的項目，中衡建工很多人不服氣，因此她需要找一個立威的機會，不巧你就撞上了。」

傅華笑說：「原來是這麼回事啊。」

倪氏傑說：「因此她不是針對你，而是針對中衡建工的人，所以還請你多體諒一下她。」

傅華爽快地說：「倪董，這我能理解，這事余助理如果早點跟我解釋的話，我就不會對她有所誤會了。」

倪氏傑笑笑說：「這就是她不通人情世故的地方啦。今後她有做得不夠周到的地方，你就多包涵吧。」

傅華說：「倪董客氣了，您放心好了，我和余助理都希望項目能夠順利完成，所以我相信，我和余助理一定會合作得很好的。」

倪氏傑高興地說：「那就最好不過了。我這邊有客人來了，我們就談到這裏吧。」

傅華趕忙說：「好，您有事就去忙吧。」

倪氏傑掛了電話，傅華不禁搖搖頭，倪氏傑對余欣雁這個情人還真是有夠呵護的，居然親自打電話來跟他解釋誤會。不過傅華也意識到，今後要儘量避免得罪余欣雁，因為看這個架勢，得罪余欣雁實際上就等於是得罪倪氏傑了。

請續看《權錢對決》12 步步驚心

權錢對決 十一 千鈞一髮

作者：姜遠方
發行人：陳曉林
出版所：風雲時代出版股份有限公司
地址：105台北市民生東路五段178號7樓之3
風雲書網：http://www.eastbooks.com.tw
官方部落格：http://eastbooks.pixnet.net/blog
Facebook：http://www.facebook.com/h7560949
信箱：h7560949@ms15.hinet.net
郵撥帳號：12043291
服務專線：(02)27560949
傳真專線：(02)27653799
執行主編：朱墨菲
美術編輯：許惠芳

法律顧問：永然法律事務所 李永然律師
北辰著作權事務所 蕭雄淋律師

版權授權：蔡雷平
初版日期：2017年6月
初版二刷：2017年6月20日
ISBN：978-986-352-415-1

行政院新聞局局版台業字第3595號 營利事業統一編號22759935

定價：280元 特惠價：199 元

國家圖書館出版品預行編目資料

權錢對決 ／ 姜遠方 著. -- 初版. -- 臺北市：
風雲時代，2016.11- 冊；公分

ISBN 978-986-352-415-1（第11冊；平裝）

857.7 105019530